Jacques Salomé

« Je mourrai avec mes blessures »

Entretiens avec ***Jef Gianadda***

jouvence
EDITIONS

Etre(s) en conscience

Extraits du catalogue Jouvence

- La colère, cette émotion mal-aimée, *par S. & C. Vidal-Graf, 2002*
- Raccourcis vers dieu, *Gerald Jampolsky, 2002*
- Déverrouiller ses blocages, *par Marie-France Muller, 2002*
- Guérir ses blessures intérieures, *par Daniel Maurin, 2001*
- Mon enfant et la consommation, *par R. Blind & M. Pool, 2001*
- Vivre l'intimité, *par Sobonfu Somé, 2001*
- Du trop avoir au mieux être, *par René Blind & Michael Pool, 2001*
- Faire face à ses problèmes, *par Julian Sleigh, 2001*
- Mon enfant et la drogue, *par René Blind & Michael Pool, 2001*
- L'amour scientifié, *par Michel Odent, 2001*
- Les mots sont des fenêtres, *par Marshall Rosenberg, 1999*
- La maîtrise de l'amour, *par Don Miguel Ruiz, 1999*
- Les quatre accords toltèques, *par Don Miguel Ruiz, 1999*

Ouvrages de Jacques Salomé parus aux Editions Jouvence

- Découvrir la communication relationnelle dès l'enfance, *avec Kathleen Geerland, 2002*
- Les mémoires de l'oubli, *avec Sylvie Galland, 1989*
- Apprivoiser la tendresse, *1988*

Ouvrages de Jacques Salomé parus chez d'autres éditeurs

- Charte de vie relationnelle à l'école, Ed. Albin Michel
- Papa, maman, écoutez-moi vraiment, Ed. Albin Michel
- Pour ne plus vivre sur la planète taire, Ed. Albin Michel
- Heureux qui communique, Ed. Albin Michel
- Une vie à se dire, Ed. de l'Homme
- Le courage d'être soi, Ed. Du Relié
- Passeur de Vie, Ed. Dervy

Catalogue gratuit sur simple demande
Éditions Jouvence
France : BP 7 – 74161 St Julien-en-Genevois Cedex
Suisse : Case postale 184 – 1233 Genève/Bernex
Site internet : **www.editions-jouvence.com**
Email : info@editions-jouvence.com

Mise en page et couverture : Dynamic 19, Thonon-les-Bains

ISBN 2-88353-299-0

Sommaire

Collection *Être(s) en conscience*

Adulés ou contestés, aimés ou jalousés, ils émergent, sortent du lot, connaissant le succès, voire la gloire. Personnalités d'exception, ces femmes et ces hommes font autorité, sont une référence dans leur domaine.
Mais pourquoi eux ? Et que signifie « réussir » ? Ont-ils été tentés de renoncer et d'abandonner en chemin ? Comment composent-ils avec leur ego ? Quels sont leurs doutes, leurs peurs, leurs croyances ? Quelle flamme les anime ?
La collection *Être(s) en conscience* y répond, avec leurs mots. Loin de toutes rumeurs ou mythologies circulant parfois à leur sujet.
Sans se prévaloir d'une vérité absolue, nos interlocuteurs nous offrent leurs réflexions sur les grandes questions de la vie.
Que leurs propos et leur expérience nous aident à y voir plus clair dans notre propre cheminement ! Que chacun de nous y trouve le recul nécessaire pouvant lui permettre de se réaliser pleinement ! Voilà notre plus cher souhait...

Jef Gianadda
Directeur de collection

Ouverture

Savoir s'arrêter. Ecouter son cœur. Entendre son âme. Accepter ses doutes. Reconnaître l'erreur. Incarner ses convictions. Vivre ses émotions... Etre soi.

Considérations dérisoires ? Objectif illusoire ? L'authenticité se fait rare. « Pas l'temps ! » La vie se zappe, se télécharge jusqu'à saturation ! « Game over », clignote en rugissant le flipper des années 70. « Erreur fatale », affiche aujourd'hui froidement l'écran du P.C.

Faute de pratique, la réflexion est devenue l'exception. L'esprit squatté par le factice et l'inutile, on célèbre la fuite avec ferveur. Peur du miroir, même dans l'intimité du silence. Danger de lucidité !

Voici pourtant ce que la collection *Être(s) en conscience* demande à ses interlocuteurs : oser... se raconter, se retrouver, se dévoiler. Sans filet. A haute voix. Au grand jour.

Pour Jacques Salomé, le défi était double : il s'agissait aussi d'ouvrir la voie. Il accepta sans hésitation.

Dans le grand canapé de son lumineux salon ou sous le soleil provençal de son jardin aux cigales, il se révéla étonnant de transparence et de cohérence. Climat de confiance et d'honnêteté. Pas une question refusée. Pas une réponse détournée. Mieux : il alla parfois au-devant de mes curiosités. Engagé. Concerné. Souci de la précision et rigueur de la relecture. Droit. Sincère. Entier.

Jef Gianadda

Ce livre compte 66 fois le radical ou le mot « amour » et 7 fois seulement le mot « guerre ».

I

Tuberculose, comptabilité et tueur à gages.

« J'étais dans la survie.»

— Puisque nous sommes chez vous, quel lieu, quelle pièce de la maison préférez-vous ?

L'endroit dans lequel je suis le plus souvent, c'est mon bureau, que j'appelle « mon atelier », où se trouvent mon ordinateur, mes cahiers de notes, les boîtes dans lesquelles je jette les idées quand elles viennent – en matière d'écriture, il ne faut pas perdre une seule idée, car elle risquerait de retomber, de se diluer, de s'évaporer, de rejoindre les limbes à jamais. Et puis, un autre lieu que j'aime beaucoup, c'est ma terrasse... au soleil. Une terrasse un peu fermée, où je peux vivre nu si j'en ai envie. J'aime y lire, installé sur un matelas. C'est paradoxal, dans la mesure où je suis quelqu'un de très actif, souvent dans le « faire », débordé par une foultitude de projets en gestation ou qui arrivent à maturité, et en même temps quelqu'un qui adore ne rien faire, pour « être » un peu plus, rêver, lire.

— Que lisez-vous ?

De tout ! J'adore les grandes sagas romanesques, j'aime les policiers... Je lis aussi des essais, bien sûr, proches de ma sensibilité aux relations humaines, aux démarches spirituelles. Pour revenir aux romans, je trouve qu'ils font voyager, rêver. Ils me stimulent : à travers un personnage, une situation, une réponse, je me mets à broder tout un scénario, je reconstruis un univers.

— Vous avez écrit un roman ?

Un seul, *Je m'appelle toi*, après une rupture amoureuse qui m'avait beaucoup ébranlé. Son titre un peu narcissique était profondément vrai à l'époque : je le portais depuis près de dix ans dans toutes mes pensées. Je suis plutôt dans le personnage féminin de ce livre. J'ai d'ailleurs reçu une quantité de courriers de lectrices me demandant comment un homme pouvait avoir écrit un livre « aussi vrai » sur les femmes. Eh bien, parce que c'est ce que j'ai vécu !

Il en rit.

— Précédent sans suite ?

Pour l'instant. Mais j'ai le désir de revenir à une écriture romanesque. Albert Cohen a écrit *Belle du Seigneur* à soixante-huit ans, je crois. Il ne me reste plus qu'un an ! Actuellement, j'écris des nouvelles et j'aime beaucoup ça. J'y trouve une liberté incroyable. Celle de pouvoir, en quelques lignes, construire un personnage, bâtir des situations folles, créer des dialogues et m'entendre rire en les écrivant.

— Ne pensez-vous pas, justement, que vous trouveriez plus de liberté dans ce type de littérature que dans vos ouvrages habituels, avec lesquels vous avez déjà dit beaucoup ?

J'ai dit beaucoup de choses, mais – je le répète souvent – on en sait plus sur la lune que sur les relations humaines. Nous sommes vraiment dans la préhistoire, nous savons très peu de chose sur la façon de communiquer. Nous communiquons dans l'improvisation la plus complète. Ce que nous appelons la spontanéité, n'est que la somme de tous nos conditionnements, des injonctions, des contraintes, des interdits que nous avons reçus dans notre éducation. J'ai écrit trente-six livres sur la communication (de couple, avec les enfants, avec soi-même), mais j'ai l'impression de n'avoir que commencé à élaguer la jungle, l'opacité, les mystères, la complexité des relations humaines. C'est un véritable continent et nous avons encore tout à découvrir.

— En affirmant cela, faites-vous référence aux lecteurs ou à vous-même ?

Je fais référence à mes propres tâtonnements et émerveillements. Je découvre encore tous les jours ! Que ce soit dans un coup de téléphone, dans la lecture d'un article, dans une rencontre imprévisible. J'ai encore tout à découvrir, n'ayant fait que de débroussailler un tout petit peu l'immense univers de la communication intime (avec soi-même) et de la mise en commun avec l'autre.

— Quelle est votre relation aux jours de la semaine ?

C'est une question stimulante ! Pour l'homme que je suis aujourd'hui, le dimanche est un jour important. Je retiens, dans une sorte de conditionnement qui ne me contraint pas, qu'il s'agit d'un jour de liberté. Je n'ai pas de contraintes, je suis mon propre maître, et cependant, pour moi, dans le dimanche, il y a quelque chose de l'ordre de la fête, de la liberté. Le dimanche, il me semble que je me laisse plus aller. Je ne rentre pas dans mon bureau ce jour-là, par exemple, bien qu'il soit à cinq mètres de ma chambre. Le lundi, aussi, est un beau jour, pour moi. Je n'avais jamais réfléchi à ça, mais votre question m'y amène. Le lundi, c'est un jour d'ouverture, de renouveau, une stimulation face à l'inconnu de la semaine à vivre. Même le mot : « lundi », c'est plus frais, plus jeune, plus pétillant que « vendredi » ! Et puis, en relation avec mon enfance – quand le jeudi était un jour de congé – je garde le jeudi comme un temps de rencontre, de rendez-vous, que ce soit avec mon éditeur ou avec des journalistes. Plus que tout autre jour de la semaine. C'est curieux, cet attachement à l'odeur, au goût et à l'énergie d'un jour particulier !

— N'en étiez-vous pas conscient ?

Non, c'est en vous en parlant que je m'en rends compte. Bien sûr, il peut m'arriver d'être à Paris un mardi, mais sur vingt fois par an où je m'y rends, quinze sont un jeudi. J'aime le goût de l'inouï qu'il y a dans un jeudi. Comment l'expliquer, alors que du temps de votre enfance c'était un jour de congé ?
Un voyage, c'est un sourire, une rencontre, un partage avec des gens nouveaux, une hôtesse qui me reconnaît quand je prends l'avion à l'aéroport d'Avignon... Il y a une sorte de surgissement de l'imprévisible plus large que lorsque je suis sur mon territoire, où je vis depuis vingt ans et où j'ai des repères connus qui sont autant de balises rassurantes dans le déroulement d'une journée d'écriture.

— Pour passer des jours de la semaine aux grandes périodes de l'année, avez-vous une saison préférée ?

C'est l'été, sans hésitation ; c'est ma saison de prédilection. Les jours sont plus longs, c'est plus chaud, plus généreux. Je porte des vêtements légers ou vis quasiment nu. Une saison que je n'aime pas du tout, c'est l'automne, même si je l'apprécie dans son flamboiement, dans son chatoiement de couleurs et dans ses quelques journées exceptionnelles de type été indien. J'ai de véritables serrements de cœur quand je vois les jours raccourcir, quand le ciel devient bas, que l'horizon se ferme.

— Comment l'expliquer ?

Ça doit être quelque chose de très archaïque dans mon histoire intime. J'ai déjà tenté de réfléchir à cela. Né au mois de mai, j'ai donc été conçu fin août, début septembre, peut-être... Non, je ne sais pas si je peux rattacher cela à la conception. Je faisais une association libre, mais je n'y vois pas de lien pour l'instant. Pour moi, l'automne, c'est le début du renfermement. A Toulouse, dans mon enfance, c'était des tempêtes, des orages, la nature qui devenait plus inquiétante, qui s'éloignait de nous.

— Etes-vous du matin ou de la nuit ?

J'ai la chance de ne pas avoir besoin de beaucoup de sommeil. Je me couche tard, vers minuit, une heure du matin, et me lève relativement tôt, vers cinq ou six heures. J'ai une bonne horloge interne. Au réveil, j'ai déjà la tête pleine de projets, dont certains me rendent fébrile tant que je n'ai pas posé une ou deux lignes pour les ancrer dans la réalité.Mais à quel moment de la journée êtes-vous le plus performant ? Le matin. Les pensées sont claires. C'est le matin, en me rasant ou en me brossant les dents, entre sommeil et veille, que me vient un certain nombre d'idées. Ce matin, par exemple, m'est venu un petit conte que me demandait un éditeur pour le tarot relationnel auquel je travaille actuellement.

— Accepteriez-vous de nous le dévoiler ?

Au-delà de l'amour, comment, un homme que j'appelle Silence et une femme que j'appelle Parole, vont-ils apprendre à communiquer ? Elle, dans la parole, puisqu'elle vient de la famille Jozedir, et lui, dans le silence, puisqu'il vient de la famille Saipadir. Au-delà de la rencontre, comment vont-ils pouvoir s'engager dans une relation faite d'échanges et de partages ?

— Contrairement à nombre de créateurs, ce n'est pas le soir, voire la nuit, que vous travaillez ?

Non. Le soir est réservé à des échanges, à la fête entre amis ou au « lavage » de tête. Je suis capable de rester deux ou trois heures devant la télévision, à regarder un film américain de série B avec des « Pan ! Pan ! Poum ! Poum ! » Ce sont des histoires au raz des pâquerettes, mais je peux les apprécier.

— Cela fait penser à l'enfance, que vous évoquiez tout à l'heure. A quel métier rêviez-vous enfant ou adolescent ?

Enfant, je pensais être navigateur. J'étais passionné par Alain Gerbault, qui avait fait le tour du monde à la voile et qui s'était retiré, je crois, à Tahiti. Dans mon enfance, je faisais surtout appel à mon imaginaire. Je voulais être chef indien ; vivre dans la nature, mais sans appartenance à une tribu. Capable d'affronter seul tous les risques d'une vie sauvage.

— Par deux fois, vous faites référence à l'enfance. Adolescent, était-ce différent ?

Oui, parce qu'entre temps j'ai eu la tuberculose osseuse, à l'âge de neuf ans. Ainsi, quand j'évoque mon enfance, je parle de zéro à neuf ans. Ensuite, il y a cette tranche de quatre ans où j'étais en sanatorium. Quand j'y fais référence, je ne parle ni de mon enfance ni de mon adolescence. C'est un espace entre parenthèses, une tranche de vie hors du temps, hors des repères habituels, comme si j'avais été dans une autre galaxie et sur une autre planète : j'étais couché dans un plâtre, dans un univers très réduit – nous étions quatre par chambre. Je parle par contre de mon adolescence en regard de cette période qui va de la sortie du sanatorium, à treize ans, jusqu'à l'âge de vingt ans, quand j'ai quitté ma famille pour aller à Paris et commencer ma vie professionnelle.

— Comment êtes-vous passé d'un monde à l'autre ?

En sortant du sanatorium, j'étais très inhibé, je boitais, j'avais honte de mon corps. Il m'a vraiment fallu une très longue période de réadaptation. Un peu plus tard, c'est le scoutisme qui m'a socialisé.

— Adolescent, n'aviez-vous donc pas de rêve ?

Non. J'étais dans la survie : surtout ne pas être englouti dans le désespoir d'être incompris, la peur d'être inutile, ou le rejet – j'avais très peur d'être rejeté, de ne pas être aimé. Mes priorités ne concernaient pas l'avenir. Je vivais dans l'immédiateté comme, je suppose, les hommes des cavernes qui devaient trouver à manger et se défendre contre des menaces multiples tout en essayant de rester vivant jusqu'au lendemain matin.

— Vous avez tout de même été comptable !

Nul n'est parfait ! Bon, j'ai eu une orientation professionnelle « familialiste », un peu dictée par mon entourage, en regard à mon handicap physique qui supposait un métier assis. Ce n'est pas une orientation qui a été rêvée, je n'ai pas du tout été aspiré. Non, c'est un moment de ma vie où je suis resté, comme ça, en stand-by. Tiens, je n'avais jamais pensé à ça !

Silence.
Son regard se perd entre une rêverie et une introspection qui le font apparemment « remonter » à cette époque.

— Vous venez d'avouer avoir eu peur du rejet, de ne pas être aimé...

Oui, et sur ce plan je me sens encore très vulnérable. Malgré tout ce que je sais, malgré une capacité certaine à me définir et à m'affirmer, malgré toutes les gratifications que je reçois et malgré des conditions d'existence idéales – je gagne bien ma vie, ne dépends de personne –, je garde cette inquiétude à l'intérieur de moi.

— C'est-à-dire ?

Que tout ce que je possède peut disparaître, s'évaporer. Que tout peut m'être enlevé. Qu'un incendie peut ravager cette maison, qu'elle peut s'effondrer. Que mes livres ne se vendent plus. Que je me retrouve seul au monde, perdu...

— Ce sont des pensées présentes dans votre esprit ?

Ah, oui, oui ! Pas de façon obsessionnelle, mais présentes à l'arrière-plan de tous mes comportements. Pour moi, rien n'est acquis. Pas plus un amour, d'ailleurs. Si une femme me dit « je t'aime », je garde en moi l'idée que cela n'aura qu'un temps. J'ai toujours à l'esprit l'impermanence des choses, tout comme la relativité des valeurs, la fragilité des sentiments.

— Au sujet de la tuberculose osseuse de votre enfance, vous avez déclaré un jour « avoir mis plus de trente ans à en entendre le sens ». Quel est-il ?

C'est autour de trente-huit, trente-neuf ans, après un travail sur moi, que j'ai pu faire ce que j'appelle une « reliance », découvrir qu'il y avait un lien entre cette tuberculose survenue quand j'avais neuf ans et le fait que ma mère ait perdu sa mère nourricière – ma mère a été abandonnée le jour de sa naissance – à l'âge de neuf ans. De même qu'on m'a enlevé un rein à dix-sept ans, à l'âge où ma mère m'a conçu (dans des conditions douloureuses, puisqu'elle s'est retrouvée seule, abandonnée, dès le début de sa grossesse).
Les maladies ont le plus souvent un élément déclencheur : un virus, un bacille, un accident, un dysfonctionnement répété qui use. C'est la cause. La médecine de ce siècle s'est d'ailleurs essentiellement intéressée à repérer les causes et à en soigner les conséquences. Vous avez une douleur au ventre, on vous ausculte, on met en parallèle les signes et si vous avez six signes qui se présentent vous avez l'appendicite et pas autre chose. On sait apporter une réponse au symptôme, on vous opère et ça marche bien. Sauf qu'on oublie que les maladies ont non seulement une cause, un élément déclencheur, mais qu'elles ont aussi un sens, qu'elles s'inscrivent dans la vie, dans le corps de quelqu'un, comme un langage, pour dire l'indicible et le cacher en même temps. C'est la clé de voûte du sens des maladies. Le concept de maladies psychosomatiques initié par Groddeck, qui nous a fait beaucoup progresser, qui nous a montré le lien entre certaines maladies et la santé psychologique, l'équilibre à maintenir entre le relationnel et le moral des individus, est aujourd'hui dépassé. Pour moi, toutes les maladies sont des langages symboliques et métaphoriques, c'est-à-dire qu'elles ont un enjeu relationnel.

— Pour vous citer, encore, vous avez aussi déclaré avoir changé de regard sur votre propre histoire. Est-ce à dire que vous en êtes totalement guéri ou restera-t-il toujours des séquelles ?

Je crois que les blessures reçues dans l'enfance ne guérissent jamais. Elles peuvent être apaisées, voire cicatrisées, mais elles restent toujours prêtes à s'enflammer si un événement ou une situation les réveille ou les stimule. Quand nous disons que nous allons bien, que nous sommes réconciliés avec nous-mêmes, cela signifie simplement que nos blessures primaires sont en repos, qu'elles ne sont pas irritées.

— Personnellement, le sentez-vous ?

Oui, je sens que je mourrai avec mes blessures. Sauf qu'aujourd'hui elles ne sont plus douloureuses, envahissantes, oppressantes, aliénantes, comme elles ont pu l'être pendant des années. Ces années où je ne me respectais pas, où je me laissais définir, où je n'étais pas à l'écoute de moi-même.

— Et les peurs, vous en reste-t-il ?

Pas beaucoup.

— Pas beaucoup, donc un peu quand même ?

Non. Pour l'instant, dans ma vie actuelle, je n'en vois pas. Parce que ce fut une révolution dans mon existence, quand j'ai découvert que derrière toute peur il y avait un désir. Cette prise de conscience a complètement modifié ma dynamique intime. Peur de quoi ? Que ma blonde me quitte ? C'est que j'ai le désir qu'elle reste le plus longtemps possible avec moi. C'est donc à moi de lui proposer une relation plus vivante, parce que si je reste dans l'ordre de la peur il est vraisemblable que je vais lui proposer une relation merdique, inquiète, aliénante, pleine de suspicions. Ce qui fera qu'elle aura envie de me quitter. Je vais donc, en cultivant mes peurs, contribuer à ce que je redoute le plus.

— Revenons à l'enfance ! Que reste-t-il de l'enfant que vous avez été ?

Emotion dans la voix.

Certainement beaucoup de choses. J'ai l'impression qu'il est toujours là. C'est curieux, je suis un homme de soixante-sept ans, et en même temps j'ai en moi un petit garçon de sept ans, un petit garçon de neuf ans, un petit garçon de douze ans... desquels je reste très proche. Je ne crois pas que j'ai des comportements infantiles. Pourtant, tous les enfants qui naviguent en moi sont vivants, proches, comme des présences familières.

— Comment se manifestent-ils dans votre quotidien ?

Ces enfants intérieurs se manifestent souvent sur un plan réactionnel. Il peut s'agir d'un enfant révolté par l'injustice, les abus ou les violences que je vois autour de moi. Il peut s'agir d'un enfant apeuré qui, soudain, doute de ses possibles, de ses ressources, de ses capacités. Il peut aussi s'agir, peut-être, d'un enfant émerveillé qui s'étonne encore que le jour puisse se lever, que la lumière soit là, généreuse et opulente. Ces comportements me renvoient à ce que j'appelle notre « humanitude », au fait que nous sommes des êtres démunis, inachevés, toujours en gestation, en mouvement vers le meilleur de nous-mêmes.

— Ces enfants de neuf ou douze ans qui vivent en vous sont des enfants qui ont souffert !

Oui, je sens en moi une souffrance toujours à fleur de peau, même si elle n'est plus active ni douloureuse. Elle est toujours là, mais elle ne me pollue pas, ne me freine pas ; elle ne m'empêche pas d'être heureux, d'être dans le plaisir, la joyeuseté. Cependant, comme pour le verso et le recto d'une même pièce, je peux voir un côté tout en ayant conscience que l'autre côté existe, même s'il ne traverse pas.
Je me sens comme quelqu'un de sensible, avec une vulnérabilité toujours présente. En même temps, je me sens puissant et ayant une certaine consistance, une certaine force, une capacité à affronter les difficultés qui me paraît de plus en plus grande.

— Au regard de votre jeunesse, empreinte de pauvreté et de maladie, n'avez-vous jamais été habité par un sentiment d'injustice ?

Non ! Du tout. Parce que je ne me suis jamais posé en victime ou dans l'accusation et la révolte. Je me positionne comme quelqu'un d'ancré dans un milieu populaire, où la pauvreté était acquise une fois pour toutes. Dans mon milieu, on n'espérait pas tellement sortir de ce cadre. On cherchait simplement à faire sa place et à s'inscrire dans un devenir qui ne dépassait pas, par exemple, la rive gauche de la Garonne – qui, à mon époque, était le quartier inondable, dont celui des pauvres et des déshérités.

— Pas de sentiment d'injustice...

Ni même d'amertume. Parce que la pauvreté, la lutte pour la survie étaient mon humus. Et l'humus contient le principe vital. Dans l'humus de mon enfance, on pouvait « faire pousser » ce type d'enfants qu'on n'aurait pas pu « faire pousser » dans un autre humus. C'était ainsi. Comme on ne fait pas pousser des bananiers au Pôle Nord !

— Qu'est-ce que cet humus vous a apporté ?

Eh bien, paradoxalement, le sens du combat, le sens de l'affirmation, le goût de la confrontation ! Que rien n'est donné, que rien n'est acquis et que rien ne me tombera du ciel. Que ce à quoi je peux aspirer, il n'y a que moi qui peux me le donner, le construire ou tenter d'y accéder. Comme le jardinier qui cultive son lopin de terre sait que les tomates qu'il mangera seront celles qu'il aura semées, arrosées et cueillies ; que les pommes de terre qu'il aura dans son assiette, c'est lui et personne d'autre qui les aura ramassées.

— Quand êtes-vous devenu adulte ?

Pour moi, cela n'a rien à voir avec la vulnérabilité ou avec l'âge. Je crois que je suis devenu adulte quand j'ai su dire non.

— En avez-vous le souvenir ?

La réponse fuse, sans hésitation.

A trente-cinq ans. Dans une relation amoureuse. Jusque-là, je vivais dans la peur de ne plus être aimé, d'être rejeté. Je me lovais dans la soumission, dans la dépendance, comme dans un berceau rassurant. Aujourd'hui, je sais qu'être adulte, c'est quand je peux me positionner, me définir, sans quêter l'approbation de l'autre. C'est ce que j'appellerais la liberté d'être. Je peux dire oui ou non sans prendre sur moi, le cas échéant, la déception de l'autre. Je peux dire oui ou non en plein accord avec moi-même.

— Pour revenir à l'expérience de cette relation amoureuse, dans quelles circonstances avez-vous donc dit non pour la première fois ?

Elle voulait un enfant, et moi, à cette époque, j'en avais déjà quatre, je n'étais pas prêt à devenir père une nouvelle fois. J'ai donc pris le risque de me définir et de dire non, ce que, en un autre temps, je n'aurais pas fait, de peur d'être rejeté. C'est d'avantage un « non » d'affirmation, de positionnement, qu'un « non » de rejet, de refus. Cela m'a fait découvrir que lorsqu'on dit non, se pose la question de savoir à quoi on dit oui. On va peut-être dire oui au respect de soi-même ; on va peut-être dire oui – enfin – à la reconnaissance de ses propres désirs, de ses propres besoins, sans avoir toujours à se modeler sur ceux de l'autre.
Et si quelques années plus tard j'ai eu un cinquième enfant, c'est que cela correspondait à un vrai « oui ».

— De l'enfant à l'adulte, en passant par le « stand by » du sanatorium et l'adolescence, avez-vous fondamentalement changé au fil des années ?

Il réfléchit.

Je vais faire une réponse qui, je pense, est valable pour tout le monde, mais je vais la faire pour moi, parce que c'est ma croyance et qu'elle correspond à ce que je ressens et à ce que je vois autour de moi. Je crois que quelles que soient les démarches thérapeutiques, quel que soit le travail qu'on fait, la structure de la personnalité – les fondations – ne change jamais. On ne peut qu'en modifier, en atténuer les aspérités, en remodeler les angles. J'ai par contre beaucoup changé dans mes comportements, dans mon regard, dans ma sensibilité. J'ai appris à aimer l'opéra – dont je suis aujourd'hui un passionné – autour de trente-deux ans, alors qu'auparavant, s'il y avait un air lyrique à la radio, je me branchais sur une autre station. J'ai changé dans ma relation avec les femmes, dans ma relation avec les enfants. J'ai changé dans la relation avec moi-même, en découvrant comment être un meilleur compagnon pour moi plutôt que le mauvais compagnon que j'avais été pendant des années. Ces changements se traduisent donc au niveau de mes conduites, de mes choix, de mon inscription dans un cheminement de vie.

— Qu'en est-il de cette structure de la personnalité ?

Je pense que nous avons tous une composante pathologique dominante à l'état latent. Nous avons tous en nous, à notre disposition, toutes les composantes – un peu pervers, un peu sadomasochiste, un peu obsessionnel... – qui fonctionnent a minima. Mais nous avons tous une dominante qui reste présente, vigilante, prête à s'exprimer en situations extrêmes ou suite à une stimulation imprévue.

— Quelle est la vôtre ?

Je crois qu'elle est plutôt de type persécuté/persécutant que j'appellerais « paranoïde ». Je ne pense pas que je suis un paranoïaque au sens pathologique du terme, mais je sens bien que certaines relations me piquent, me stimulent et que, me sentant persécuté, je serais facilement persécutant, c'est-à-dire violent, agressif, combatif. Une dominante « pathologique » n'a d'ailleurs pas que des aspects négatifs, même si dans ses excès ou sa répétition elle peut en engendrer et être handicapante. Le travail que j'ai fait sur moi – psychanalyse, psychodrame, bioénergie, rebirth... – m'a certainement permis de faire fonctionner les dimensions négatives de ma dominante a minima. Je le vois bien autour de moi : quand quelqu'un a une bonne relation avec une autre personne, cela ne veut pas dire que celle-ci est extraordinaire et que lui-même est formidable ; cela veut simplement dire que ce que l'un propose à l'autre fait fonctionner sa dimension pathologique a minima, et que ce que le second lui propose fait vraisemblablement fonctionner celle du premier a minima. C'est ce qu'on appelle habituellement une bonne relation. On peut s'approcher sans se blesser, sans se persécuter, se violenter, se « sadiser » ou prendre le pouvoir sur l'autre. On peut s'envoyer des signaux qui ne sont pas perçus comme dérangeants ou menaçants. On est bien ensemble, car chacun fait fonctionner sa propre « pathologie » a minima. Mais sitôt que l'un ou l'autre touche, par une parole, un geste, une attitude, à la zone sensible, cela provoque des réactions qui surprennent et déstabilisent, qui font mal à chacun.
Cela m'a beaucoup appris sur moi-même. Je crois d'ailleurs qu'un véritable travail sur soi doit aboutir à cette prise de conscience. Cela peut amener à connaître moins d'angoisse, à se sentir plus léger, plus capable de s'engager, de se

définir, de se positionner et de rester vigilant face à la dominante de l'autre.

— Ainsi, auriez-vous tendance à être un peu « parano », comme on dit ?

Oui, c'est une composante que je reconnais chez moi, mais de nouveau, je dirais plutôt que je suis « paranoïde ». Très facilement, pour des choses minimes, banales, je peux me sentir persécuté, incompris, pas reconnu...

— Encore maintenant ?

Oui, encore à mon âge ! C'est un comble ! Mais justement, c'est peut-être ceci qu'il faut entendre : on n'élimine jamais nos composantes ; comme dit, on peut les faire fonctionner a minima ou les laisser s'exprimer a maxima. Alors oui, encore aujourd'hui, malgré tout le travail que j'ai fait sur moi je reste habité par mes vieux démons ! Je vais vous donner un exemple célèbre. Freud était phobique et il est mort phobique. On ne peut pourtant pas dire que ce bonhomme n'a pas fait de travail sur lui !

— Comment votre composante pathologique dominante se manifeste-t-elle chez vous ?

C'est très simple : chaque fois qu'un mot, un geste ou une intention me donne le sentiment d'une injustice, d'une humiliation, d'une impuissance. Ce sont des choses incroyablement ordinaires, d'une puérilité et d'un infantilisme évidents. Il y a trois ou quatre ans, je reçois une lettre m'informant qu'on allait procéder à un contrôle fiscal sur mes comptes. Comme ancien expert-comptable, je suis très rigoureux, d'autant que j'ai une comptabilité basique : recettes/dépenses, tout justifié par des factures ou des notes de frais, etc. Eh bien, j'ai vécu ça comme une agression ! Ce soir-là, je m'en souviens, j'étais seul, je mangeais mes nouilles... Et dans ma tête, tout un cinéma de pensées grotesques se mit en place : « Ce salaud, je vais aller lui crever les pneus de sa voiture ! Je vais envoyer des lettres anonymes à sa femme... »

— Il y a trois ou quatre ans !?

Je vous assure ! J'étais alors un homme de près de soixante ans, formateur en relations humaines, relativement équilibré, en général ouvert et généreux – du moins le dit-on. Et j'avais dans ma tête un cinéma plein de persécutions imaginaires sur un type que je ne connaissais même pas, qui ne m'avait pas encore fait de mal, qui allait juste faire son boulot ! C'est terrible, parce qu'à partir du moment où le film se met dans la bobine, il se déroule, sans fin. Qu'est-ce que j'imaginais ce soir-là ? Des choses inavouables. D'engager un tueur à gages pour lui faire la peau !

Autodérision. Il en rit de bon cœur, avant de poursuivre :

Bien sûr que neuf fois sur dix on ne passe pas aux actes. Une fois ou deux, par contre, ça se concrétise : vous avez un voisin paranoïaque qui vous jette ses poubelles par-dessus la haie ou qui gare sa voiture pas tout à fait devant votre entrée, mais suffisamment pour vous obliger à laisser la vôtre dans la rue et vous donner envie de mettre le feu à sa maison. La vie est pleine d'événements aveugles de ce genre.

— Vous venez de reconnaître avoir beaucoup appris sur vous. — Par exemple ?

J'ai appris, entre autres, que l'essentiel de mes conduites, de mes comportements, était des tentatives de réponses pour réparer les souffrances et les blessures de ma mère. Comme je vous l'ai dit, elle a été une enfant abandonnée, déposée à l'assistance publique. Ensuite, elle a perdu sa première mère nourricière à neuf ans, puis m'a eu, à dix-sept ans, avec un garçon de quinze ans qui est parti, la laissant seule affronter cette période difficile.

— N'avez-vous pas toujours continué à jouer ce rôle par la suite ?

Dans une grande partie de ma vie et de mon travail, exactement. Le sens de mon véritable choix professionnel, à vingt-trois ans, quand je me suis dirigé vers les relations humaines, a été guidé par ce fil rouge. Ce que j'ai appris, aussi, c'est toute la violence que j'avais en moi. Pendant longtemps, jusqu'à l'âge de quarante ans, j'étais capable d'accumuler des colères, des ressentiments, des rancœurs, des ruminations qui infectaient mon existence comme celle de mes proches.

— Violence que vous avez finalement su laisser sortir, exprimer ?

Tout à fait. J'ai lâché prise là-dessus. Voilà, c'est ça le travail sur soi. De prendre conscience des ressources (on en a plus, d'ailleurs, qu'on imagine), des limites, des contraintes et des pièges qui se sont construits à partir de notre éducation et de notre histoire familiale. Et de les dépasser. Quand je dis, par exemple, que j'étais un homme de colère et de violence, je me sens aujourd'hui très loin de tout ça. Il me semble que j'ai plus d'apaisement, de distance, de recul. Je ne sais pas si on peut appeler ça de la sagesse, mais je me fais moins souffrir et je fais vraisemblablement moins souffrir les autres – mes proches, comme ceux qui prennent le risque de me fréquenter.

— Voilà pour la violence. Avez-vous aussi dépassé d'autres comportements de ce type ou vous reste-t-il encore du travail à faire ?

Après une longue réflexion.

Pour l'instant, je ne vois pas ce que j'aurais encore à dépasser, mais vous savez, notre histoire est inscrite en nous comme autant de strates qui se révèlent à différents moments de notre vie. Si certains événements, certaines rencontres ou certaines stimulations rejoignent des strates que j'ai déjà explorées, une nouvelle rencontre pourrait me faire toucher du doigt une part d'ombre ou de mystère que je n'ai encore jamais abordée. Je suis persuadé que ma vie n'a été qu'une succession de naissances, qu'on passe sa vie à naître. A l'écriture, à l'amour, à l'amitié, à l'inconscient, à de nombreux aspects de soi-même. Donc, pour l'instant, j'ai l'impression d'avoir fait du chemin. En trente-six livres, je n'ai rien écrit que je n'aie rencontré, côtoyé ou traversé. Je n'enseigne rien que je n'aie moi-même expérimenté. Parfois, d'ailleurs, le milieu universitaire me critique, me reprochant de ne pas faire référence à mes sources, de ne pas citer d'autres travaux, de ne pas m'appuyer sur des maîtres. Cela peut paraître narcissique, mais oui, je fais du Salomé, essentiellement du Salomé, comme si j'avais été seul à me mettre au monde ! C'est bien ce que j'ai vécu et ce que je fais : ne rien enseigner que je n'aie dépassé.

— Ne pas voir ce que vous auriez encore à dépasser signifierait-il que vous êtes abouti, parfait ?

Non, ni abouti ni parfait, bien sûr, mais que je suis à un moment de mon chemin où, après être venu d'une source très fragile, après avoir été dans un torrent assez tumultueux, puis devenu un fleuve élargi, plus apaisé, je me sens dans un vaste estuaire infiniment ouvert sur un océan de possibles, où j'ai beaucoup de choix. C'est vraiment l'image qui me vient. Je vois un espace plus large qu'une mer, sur lequel je peux m'avancer et faire les découvertes qu'il y a peut-être à faire, avec la liberté, aussi, d'explorer des fonds et des zones d'ombres. Je ne sais d'ailleurs pas non plus où cela va me conduire. Vers un océan plus ouvert encore ? Vers des horizons plus lointains ? Au fond d'un gouffre ? Je sais bien que rien n'est jamais acquis. Je serais vraiment aveugle ou naïf de penser que je suis dans l'aboutissement de ma vie. Non, pour l'instant, je suis dans cet estuaire traversé de mille canaux. J'aime bien cette image.

— Ne la trouvez-vous pas un peu trop calme ?

Je ne veux pas avoir l'air d'être revenu de tout, mais il me semble avoir traversé un certain nombre de choses et avoir accédé à une sorte – je mets le mot entre guillemets – de « sagesse », de plénitude, qui implique que je peux à la fois faire encore beaucoup de rencontres, accepter l'irruption de l'imprévisible, et à la fois ne pas me laisser déloger, ne pas me laisser bousculer ou détourner de ma direction de vie. L'image de l'estuaire ouvert sur un océan montre l'infinitude des ramifications possibles de la vie.

II

Introversion, succès et gratitude.

« J'ai mangé pour la première fois à ma faim à quatorze ans. »

— Quel est, ou quel a été, le défi de votre vie ?

Nouveau temps de réflexion, puis profonde respiration avant de répondre, très posément :

Je crois que le défi essentiel de ma vie a été de faire face à l'imprévisible. Quoi qu'il puisse m'arriver, je ne m'écrase pas. Quoi qu'il surgisse, je ne démissionne pas. Il m'est arrivé des coups durs, vraiment, qui auraient pu me briser, me détruire... Oui, c'est ça le défi essentiel : faire face à tout ce qui arrive, quoi qu'il arrive.

— Qu'est-ce qui vous a aidé à tenir dans les moments difficiles, qu'est-ce qui vous a permis de surmonter les épreuves ?

Je vais le dire sans hésitation : les femmes qui m'ont aimé et que j'ai aimées. J'ai une reconnaissance très grande pour les femmes qui ont accompagné ma vie. Il y a aussi mes enfants. Je suis le père de cinq enfants, et sans qu'ils aient été des béquilles pour moi – je ne me suis pas appuyé sur eux –, ils ont été des propulseurs, comme s'ils m'avaient obligé à grandir de l'intérieur, comme s'ils m'avaient délogé de mes complaisances, de mes certitudes, de mes errances, des facilités dans lesquelles j'aurais pu m'enfermer.

— Je vous demandais ce qui vous avait aidé à surmonter les obstacles dans votre vie. Vous répondez, en substance, « femmes et enfants », ce qui ne renvoie qu'à une partie de votre existence. Et avant ?

Ah, oui ! Aux différents âges de ma vie, des choses très opposées, très variées. Dans mon enfance, c'est l'imaginaire qui m'a guidé, qui m'a sauvé. J'ai eu une enfance assez dure – j'ai mangé pour la première fois à ma faim à quatorze ans. J'ai été très aimé par ma mère, respecté par mon beau-père, mais sur le plan relationnel, c'était relativement pauvre. Et puis, hormis *le Larousse médical* et *La Vie des Saints*, il n'y avait pas de livres à la maison. Alors l'imaginaire ! Je me souviens, à l'école, je racontais des histoires pendant la récréation. J'inventais des mensonges. Ce n'était pas une fuite, mais je me déposais dans une dimension parallèle à la réalité, pour survivre et grandir, aussi, à travers ça. Après, dans ma période de sanatorium, sur cette autre planète dont j'ai parlé, c'est la lecture qui m'a porté. Elle a été plus que ma bouée de sauvetage. Tel un aéroplane, elle m'emportait.

— Quel type de lecture ?

Tout ! Tout ! Je lisais tout ce que je trouvais. Il y avait une professeur de philosophie très cultivée, mademoiselle Pelisson, qui m'avait pris en amitié – parce qu'on suivait l'école, en sanatorium. Les murs de sa chambre étaient tapissés de livres que je pouvais choisir (les professeurs étaient pour la plupart d'anciens malades qui vivaient là, aussi, au dernier étage). J'ai lu Sartre, par exemple, à l'âge de treize ans. Qu'est-ce que j'ai retenu de *La nausée* ? Des bribes, une perception diffuse – que la vie ardente se dérobe à ceux qui ne savent l'aimer –, mais peu importe ; ça fait partie de mon bagage. Je lisais tout : Robinson Crusoé, Jules Verne, Balzac, Stendhal, Walter Scott, Alexandre Dumas, Jack London, Conrad... Les livres de Conrad m'ont enthousiasmé, m'ont porté, transporté !
La lecture a été un tremplin, un propulseur, un « ouvre-vie », tel un ouvre-boîtes, pour accéder à de nouveaux espaces.

— Donc l'imaginaire dans un premier temps, ensuite la lecture...

Après, progressivement, ce qui m'a aidé a été la découverte de la nature, la vie au grand air, la socialisation par l'amitié. Le scoutisme a été très important pour moi.

— Le scoutisme vous a aidé ?

Ah oui ! Sans lui je n'aurais pas été schizophrène, mais presque. J'étais quelqu'un d'introverti, très replié sur lui-même, farouchement contre tout. Je me vois, à la limite, jouant ces personnages silencieux, ténébreux et inaccessibles ne voulant se laisser aimer de personne. Niant mon besoin d'amour, alors que j'en crevais. Je marchais dans la rue, impavide et froid alors que j'aurais tellement espéré qu'une jeune fille me sourie ! Mais personne ne me souriait. Evidemment, je devais faire une tête qui ne devait pas donner envie à ceux qui me rencontraient de me sourire !

Grand rire sonore et répété.
Il est manifestement hilare de « revoir »
le garçon qu'il était alors.

— A entendre votre description de la bibliothèque de cette enseignante dont vous vous souvenez encore du nom, c'est quelque chose qui vous a marqué. Au point d'avoir reproduit, chez vous, une fois adulte, ces parois gavées de livres ?

Tout à fait ! Je sais bien que j'ai reproduis là un grand rêve, une aspiration de jeunesse. Vers l'âge de seize ans, j'étais allé en vacances chez un vague cousin de mon beau-père, du côté de Montpellier. Il m'avait accueilli seulement une semaine, mais quelle semaine ! C'était une maison toute blanche avec, à l'intérieur, des murs couverts de livres. C'était l'abondance, la générosité. Je pouvais prendre, choisir. Je ne savais où donner des yeux. J'avais mal au ventre de voir tant de livres qui n'étaient pas à moi, que je n'avais pas encore lus.

Il s'emballe de plaisir, trébuchant sur les mots, comme s'il revivait la scène. Et de continuer, enthousiaste, le sourire aux lèvres.

Je crois que j'ai gardé le désir d'avoir cette abondance ici, dans ma maison, vous le constatez. Et il y en a plus qu'on ne voit : dans tous les coins, les recoins, les placards, sous les escaliers... J'ai même une réserve, une pièce pour tous les livres que je voudrais relire !

Revenant à plus de calme.

Cette boulimie autour des livres, c'est très intéressant, parce que ça rejoint la peur du manque. De savoir que je peux accéder à tous ces ouvrages sans avoir à demander. Pendant longtemps, j'ai été un handicapé du demander et du refuser. Je ne savais ni demander ni refuser. Je recevais n'importe quoi. J'ai mis du temps à rééquilibrer ces différentes dimensions relationnelles autour du donner, demander, recevoir et refuser, dans la relation avec moi, mais aussi dans la relation avec les autres.

— De vous être choisi une vie qui vous a permis de vous offrir le bien-être matériel dont vous jouissez aujourd'hui, n'était-ce pas une manière de vous sécuriser par rapport aux manques de l'enfance ?

Tout à fait ! Et aussi, de ne pas faire dépendre des autres la réponse à mes besoins. Etre autonome, voilà encore quelque chose de très important pour moi, et qui relève du fait d'être adulte. Aujourd'hui, financièrement, je ne dépends de personne. Quand j'ai une demande et que la réponse dépend des autres, ça me met très mal à l'aise. Je n'aime pas du tout ça. Je considère presque comme une aliénation insupportable de devoir dépendre du bon vouloir de quelqu'un.

— N'est-ce pas faire preuve de manque d'humilité ?

C'est possible, mais ça ne me gêne pas.

— Etre en demande signifie être capable de recevoir, non ?

C'est vrai que ce n'est pas une position d'humilité. Eh bien non, je n'ai pas cette humilité-là !

Ce qu'il reconnaît, dans un grand éclat de rire.

— Vous avouiez tout à l'heure, à propos d'un rêve d'enfant, vouloir être chef indien. A l'école, vous avez tout de même été chef de bande, meneur parmi les garnements. Qu'est-ce qui vous a empêché de basculer de l'autre côté, de devenir un voyou, peut-être ?

Votre hypothèse est juste. J'aurais pu basculer dans la délinquance. C'est la maladie qui, en me sortant de mon milieu, m'a fait pénétrer dans cette autre galaxie – le sanatorium – où j'ai rencontré des enfants, des compagnons venant d'autres milieux. Mon meilleur ami de l'époque, par exemple, quand j'avais douze ou treize ans, au sanatorium, était le fils d'un célèbre chirurgien. Il venait d'un milieu très cossu, très bourgeois, et avait une grande culture. C'était un gosse de douze ans, mais j'avais l'impression que c'était une encyclopédie, un Pic de la Mirandole. Il avait réponse à tout, savait des choses sur des sujets dont je n'avais même pas entendu parler. De me frotter, comme ça, à une sorte d'aristocratie du savoir et de la réflexion, de l'analyse et de la critique, m'a confronté à d'autres valeurs. Ainsi, mes aspirations vers la transgression, la délinquance, devenaient dérisoires, inutiles. Je découvrais d'autres références qui me donnaient le sentiment de pouvoir être plus moi-même.

— Ainsi, cette tuberculose osseuse, événement a priori malheureux...

... A été un point d'ancrage très positif dans ma vie. Ah oui ! Je ne serais pas l'homme que je suis si je n'avais pas été malade. Si je n'avais pas été obligé de m'arrêter de courir pour m'immobiliser sur un lit durant quatre ans, je ne serais pas celui qui vous parle.

— L'homme que vous êtes, justement. A en juger par votre parcours et votre notoriété, on ne peut que s'accorder à reconnaître votre succès, mais qu'est-ce que « réussir » pour vous ?

Réussir, c'est être en accord dans ses choix de vie ; un accord vécu au quotidien, donc toujours vulnérable. C'est aussi quand le doute est encore là, mais qu'il est moins angoissant. Il n'y a pas de réussite absolue pour moi. Je suis toujours surpris quand on me dit que j'ai réussi. Avec plus de 3,5 millions d'exemplaires vendus pour 35 livres (*une moyenne de 100'000 exemplaires par ouvrage, sans compter les éditions-clubs ni les traductions – en 28 langues ! –, le 36e venant récemment de sortir*), avec cinq enfants autonomes, une maison accueillante, je pourrais dire que j'ai réussi. Pourtant, je n'ai pas ce sentiment. C'est lié à une vieille blessure tenace qui navigue encore en moi : celle du besoin de reconnaissance, puisque je n'ai pas été reconnu par mon géniteur. Je crois que je mourrai avec cette blessure, même si elle saigne moins qu'avant. Je sens bien que j'ai toujours ce besoin de reconnaissance et que j'ai beaucoup de doutes en moi. J'ai appris tard à m'aimer, à me faire confiance, à me gratifier, à avoir simplement une relation de bienveillance avec moi-même. Et tout cela reste quand même fragile. Quand j'écris un livre, j'ai toujours des doutes, des interrogations, surtout quand j'arrive à la fin. Je me dis : « Ça ne vaut rien, j'ai déjà écrit ça cent fois, d'autres l'ont déjà dit avant moi, et de façon beaucoup plus étoffée, merveilleuse, dynamique... »

— Ne serait-ce qu'en regard des chiffres que vous venez de citer, n'avez-vous jamais attrapé « la grosse tête » ?

Je ne peux pas, justement. Dans ma dynamique, ce n'est pas possible d'attraper la grosse tête. Parce qu'elle est petite de naissance, habitée d'un univers dont je construis et répare des pans entiers chaque jour. Une petite tête ne sera jamais grosse !

Cela aussi l'amuse.

C'est une lapalissade, mais je sais qu'elle est petite à cause de mes doutes, de ma vulnérabilité, d'une inquiétude innée, de certitudes toujours remises en cause.

— Vous avez tout de même donné des conférences devant deux ou trois mille personnes, qui étaient là pour vous ! Alors, dans ces moments-là ?

Ah, mais non ! Pas du tout. Quand je suis en conférence, toute mon énergie est dans « est-ce que mon message arrive jusqu'à eux ? » C'est paradoxal, mais là il n'y a pas de place pour la grosse tête. Entre autres valeurs reçues de ma mère, je peux citer : « il ne faut pas faire de la peine à quelqu'un », « il ne faut pas lui faire du mal », « il ne faut pas prendre ce qui ne nous appartient pas », et « il ne faut pas s'en faire accroire », expression du Midi qui signifie « il faut rester à sa place, ne pas péter plus haut que son derrière, ne pas trop se montrer ». Tout cela est resté inscrit en moi.
J'ai plus conscience de mes limites que de mes possibles.

Quand je participe à des émissions de télévision, par exemple, et que je suis entouré de « ténors », je sais me tenir à ma place, je ne me mets pas sur le même plan qu'eux. Je sais bien dans quel registre je travaille. Si j'estime pouvoir sauter quatre-vingts centimètres et qu'eux peuvent sauter un mètre cinquante ou deux mètres, je ne tenterai pas de les égaler. Je n'ai jamais mis la barre trop haut. Non, la notion de « grosse tête » n'est pas compatible avec ma dynamique relationnelle. Après avoir donné un jour, à Angers, une conférence devant 4'800 personnes, le technicien qui m'accompagnait me raconta, le lendemain, comment il rapporta la chose à sa femme : « Si tu avais vu ce petit bonhomme qui a fait autant de spectateurs que Johnny Hallyday. Et sans guitare, rien qu'en parlant ! » « Un petit bonhomme... » Il me disait ça à moi. Eh bien, il avait raison ! Je suis un petit bonhomme. Je ne suis ni un athlète, ni blond avec des yeux bleus. Oui, je suis un petit bonhomme qui a des énergies au raz des pâquerettes. C'est peut-être pour ça que mon message passe, parce que je mets toute mon énergie dans mes mots. Je parle debout. Et pas seulement avec des mots, mais avec mon regard, avec mes gestes, avec tout mon physique. Voilà ma préoccupation. Est-ce que le public a bien reçu ce que j'ai dit ? Simplement reçu, même s'il n'est pas d'accord. Je demande souvent (c'est d'ailleurs devenu un tic de langage) : « Est-ce que ce que je dis est suffisamment clair ? » Ça, pour moi, c'est vachement important !

Il s'emporte presque.

— Et de vous imaginer, de visualiser la foule de vos lecteurs, probablement beaucoup plus nombreux que les livres vendus, cela ne vous donne-t-il pas le vertige ?

A propos du quotient de lecture, puisque des études ont été faites : un roman a un quotient de 1,2 ; c'est-à-dire que si vous tirez à 10'000 exemplaires, vous êtes lus par 12'000 personnes. Moi, selon une vague enquête auprès des bibliothèques publiques, je dois avoir un quotient de lecture de 5,6. Théoriquement, j'aurais 19,6 millions de lecteurs, ce que je ne crois pas. Eh bien, quand j'ai découvert ça, j'ai eu envie de pleurer !

— De joie ?

D'émotion. J'ai une immense gratitude pour mes lecteurs. Je les trouve courageux, toniques et persévérants !

— Je reviens à ma question. Imaginer ces lecteurs ne vous donne pas le vertige ?

Cela me donne un immense sentiment de gratitude et d'humilité. C'est un paradoxe, mais c'est moi qui me sens reconnaissant. Qu'ils acceptent de se remettre en question, de bousculer des croyances, des habitudes ou des comportements intimes me rend très reconnaissant.

— Vous disiez tout à l'heure être resté fidèle aux valeurs transmises par votre mère, parmi lesquelles, ne jamais faire de mal à autrui. Y êtes-vous toujours parvenu ?

Non, et je ne crois pas que ce soit possible. Dans ce que j'ai compris être une des valeurs essentielles de ma mère, il y avait « ne jamais faire de mal intentionnellement ». Je crois que les violences les plus graves sont souvent celles que l'on fait inconsciemment, avec, parfois, la meilleure volonté du monde, que ce soit sur ses enfants ou sur la personne qu'on aime. Il serait naïf de croire que nous ne pouvons pas faire de mal à quelqu'un, notamment parce que nous ne savons pas ce que nous allons toucher chez celui qui nous entend (puisque c'est celui qui reçoit le message qui lui donne un sens).
En conclusion, malgré de la vigilance, de l'amour, des sentiments forts, toute relation est une relation à risques. Tout échange est un échange à risques, parce que nous ne savons pas, en disant quelque chose, en faisant un geste, en posant un acte, ce que ça va réveiller, réactiver, re-stimuler, de blessures anciennes ou de situations inachevées chez l'autre.
Je voudrais quand même rappeler les quatre grandes blessures dont nous sommes tous porteurs, avec plus ou moins d'intensité : trahison, sentiment d'humiliation, injustice, sentiment d'impuissance. Voilà les quatre grandes blessures qui sont en sommeil, qui sont déposées dans l'histoire de chacun d'entre nous. Dans cette perspective, pour moi, c'est le ressenti de l'autre, même s'il me paraît erroné, qui fait force de loi. Je ne discute jamais sur le vécu de quelqu'un. J'ai une règle d'hygiène relationnelle que j'applique dans ma propre vie. Si vous me dites qu'il ne fait pas très chaud et que je vous réponds qu'il fait vingt-cinq degrés, c'est que je tente de nier votre ressenti par une information

soi-disant objective. Nier le ressenti de quelqu'un est une violence. Votre ressenti peut être différent du mien, me paraître erroné, mais c'est bien le vôtre.

— Autre valeur, l'honnêteté. Mentez-vous parfois ?

Aujourd'hui plus du tout, alors que pendant mon enfance j'ai été un grand inventeur de mensonges devant l'Eternel. J'ai le sentiment de ne pas avoir besoin de mentir. Parce que le mensonge s'inscrit dans ce que j'appelle le système S.A.P.P.E. (Sourd, Aveugle, Pernicieux, Pervers, Energétivore). Si l'on me pose une question à laquelle je n'ai pas envie de répondre, je n'ai pas besoin d'utiliser un mensonge. Je m'affirme et je dis : « Je n'entre pas en matière sur cette question. » Celui qui me pose une question doit aussi prendre le risque de ma réponse. Et quand je sens la question intrusive ou projective, ma réponse peut être : « Je n'entre pas en matière. » D'autant que de nombreuses questions sont des demandes indirectes, implicites.

— On peut mentir par omission !

Le mensonge se rattache à une pression quand on se sent obligé de répondre, quand on ne veut pas faire de la peine, quand on craint d'être rejeté. On dit ou on ne dit pas. C'est toute la différence entre le non-dit et le « ne pas dire ». Le non-dit, c'est : « Je ne peux pas dire » ; c'est moi qui suis coincé, que ce soit par rapport à une censure, à une fidélité ou à un engagement pris. Le « ne pas dire » est très différent du non-dit. C'est un choix responsable, celui de ne pas dire. Si l'autre me demande : « Qu'est-ce qui se passe entre toi et Madame X. ? » Je réponds : « Je n'entre pas en matière sur cette question. » Je suis alors dans le « ne pas dire », par choix. Parce que je prétends qu'il ne faut pas mettre dans une relation ce qui appartient à une autre. Il faut se souvenir de la cohérence de la méthode E.S.P.E.R.E. (Energie Spécifique Pour une Ecologie Relationnelle Essentielle). Ce n'est pas seulement un florilège d'outils ou de règles d'hygiène relationnelle. C'est un tout cohérent. C'est pourquoi je n'y vois pas de place pour le mensonge. Vous n'avez qu'à observer, au cinéma ou à la télévision. Si la méthode E.S.P.E.R.E. était appliquée, les films s'arrêteraient au bout de six minutes, parce qu'il n'y aurait ni drame, ni meurtre, ni jalousie, ni aucune autre péripétie susceptible de provoquer suspense, émotions et réactions. Un positionnement clair entraîne un autre positionnement clair en face. Je l'ai remarqué dans ma propre vie : quand je me situe, quand je me positionne avec cohérence et clarté devant l'autre, il advient (parfois après un temps de réaction lié à la permanence du système S.A.P.P.E.) que l'autre retrouve aussi un positionnement de cohérence et de clarté envers lui-même et envers moi.

III

Solitude, renaissance et poubelle ouverte.

« J'ai été un barbare dans ma vie de couple, un véritable Cro-Magnon ! »

— Au-delà de trente ans de stages, de séminaires, de conférences et d'autres enseignements, vous avez signé 36 ouvrages à ce jour. N'êtes-vous pas fatigué d'écrire ?

J'ai parfois honte de le dire, mais je n'ai pas l'angoisse de la page blanche. Une phrase vient et c'est le début d'un article, d'un poème ou d'un livre. Ensuite, une phrase en appelle une autre, j'écris, je jette tout ça dans une boîte, et quand elle commence à déborder je ramasse, trie, organise un peu, crée des chapitres... et un livre se construit. C'est vraiment très artisanal. Je vois ça comme du bricolage : je rafistole des trucs, rapproche des idées, colle ensemble des rêves. Non, je ne suis pas fatigué. Vous avez vu, j'ai au moins quinze livres en devenir, là, dans mes boîtes. J'en écris d'ailleurs plusieurs en même temps. Je n'ai pas d'angoisse, mais ce qui arrive en cours de chemin relève de deux sentiments : satisfaction ou insatisfaction. Je relis mes phrases à haute voix. Il faut qu'elles sonnent juste, qu'il y ait une musique. Et puis très souvent je me projette dans le lecteur. Je me dis : « Oh, là, là ! Est-ce qu'ils vont aimer ? »

— Et une fois publié ?

Non, c'est fini. Je n'ai jamais relu un de mes livres. Une fois imprimé, il ne m'appartient plus. Il n'est plus à moi, mais au public.

— Par vos activités, vous avez toujours été – et êtes encore – très entouré, très sollicité. Ne vous êtes-vous pas cependant senti parfois seul parmi les autres, isolé dans la foule ?

Mais pas seulement parfois. Toujours ! J'ai la conscience que nous sommes irrémédiablement seuls. J'ai en moi ce sentiment d'une solitude infinie, inépuisable, qui fait partie de notre condition. Il y a, par exemple, trois mille personnes dans la salle, je sens une sorte d'état de grâce, que ce qui vient de moi arrive jusqu'à l'autre, vibre, résonne (ce n'est pas toujours le cas). Eh bien, malgré cela, j'éprouve la sensation que je suis seul !
J'ai bâti ma compréhension des relations humaines autour de cette idée : quand nous sommes dans le ventre de notre mère, nous sommes dans un univers clos ; nous n'avons même pas besoin de faire de demandes. Tout vient automatiquement. Il y a une régulation automatique de la température, des apports essentiels au travers du placenta qui nous nourrit. Comme je ne suis pas croyant, je pense d'ailleurs que c'est ça, le paradis. Que la Terre promise, l'île magique, est dans cette nostalgie que nous avons de cette planète interne qui est le ventre d'une femme, où nous avons grandi. Et puis nous sortons. Peu de gens, je pense, conscientisent suffisamment combien c'est un événement catastrophique, combien c'est un événement bouleversant. Quand on sort du ventre de sa mère, on tombe dans le vide de l'univers. On atterrit sur la planète Terre dans telle clinique ou dans telle maternité, dans les mains d'une sage-femme ; on est déposé sur le ventre de sa génitrice ou dans les bras de son géniteur, bien sûr, mais fondamentalement on débarque dans l'immensité du froid de la galaxie.

— Comme vous dites ne parler que de ce que vous avez expérimenté et qu'en l'occurrence vous avez fait du rebirthing (littéralement « renaissance »), déclarez-vous cela en connaissance de cause ?

Oui, j'ai vécu cette co-naissance. A l'occasion de plusieurs expériences en rebirthing, j'ai vraiment éprouvé cela. Et le fait, aussi, par exemple, que je ne voulais pas sortir du ventre, que c'était trop tôt. J'ai éprouvé ce déchirement inouï. D'une partie de mon corps, qui était poussé à l'extérieur, rejeté, avec une voix qui me disait : « Oui, il est temps ; le temps est venu, il faut sortir. » Quelque chose comme ça, de cet ordre-là, d'inéluctable. Et d'une autre partie de mon corps qui s'accrochait à l'intérieur, avec une autre voix, plus profonde encore, un cri, une révolte, qui disait : « Non, non, je veux rester, je n'ai pas eu mon compte. »

— Vous avez revécu ça ? A quel âge ?

Oui, vraiment. J'avais trente-six ans. C'était dans un ashram, en Inde. J'ai revécu cette tristesse infinie et cette désespérance inouïe de me sentir écartelé entre deux mouvements : rester et sortir. Une désespérance que rien, je crois, ne comblera. Tout le reste ne sera que colmatage, ravaudage, étayage. Je crois que c'est ça le drame de l'Homme. Nous naissons inachevés – parce que si nous étions physiologiquement achevés nous ne pourrions pas sortir – et cet inachèvement crée une dépendance vitale : j'ai besoin de maman ou de sa remplaçante pour me donner les soins nécessaires à ma survie. Dépendance physiologique, mais aussi affective, relationnelle, émotionnelle, énergétique.
C'est vrai que ce n'est pas banal de parler de choses comme ça, parce que cela échappe à tout rationnel, à toute logique. Comment l'homme de trente-six ans que j'étais a vu, senti, éprouvé son corps régresser, redevenir un tout petit bébé hurlant son refus de sortir...

— Que vous a apporté cette expérience ?

Une réconciliation avec mon histoire. Une réunification. Oui, je me suis senti réunifié, et peut-être apaisé. Dans le sens où je ne suis plus devant quelque chose que je ne comprends pas, où je ne suis plus passif (ou réactionnel) devant quelque chose qui m'échappe. Ça m'a donné des racines, des ancrages. Je suis passé d'objet à sujet, c'est-à-dire co-auteur de ma propre vie. Je suis devenu partie prenante de tout ce qui m'arrivait, de tout ce qui surgissait dans ma vie. Cela m'a permis d'accéder à une plus grande liberté d'être, à plus d'autonomie, à plus d'énergie et d'amour envers moi-même.

— Revivre votre naissance vous a donc aidé par rapport à un passé relativement peu commun (vous êtes né de père inconnu et de mère elle-même de parents inconnus ; précisons que vous avez rencontré votre géniteur alors que vous aviez cinquante ans), mais est-ce une expérience que vous conseilleriez à tout le monde ?

Il faut bien distinguer plusieurs démarches possibles autour de ce que j'appelle globalement le travail sur soi. Tout individu, tout être humain, homme ou femme, a un jour à entreprendre cette rencontre avec son passé, son histoire. La question va être dans quelle profondeur, dans quelle ouverture, dans quelle intensité ? Si on est dans la souffrance, dans le déséquilibre, si on est blessé par les relations avec autrui, si on n'a pas réglé les relations structurantes qui sont en amont celles avec papa-maman, si on est enfermé dans des relations douloureuses, en aval, avec ses enfants, si on est coincé dans des relations horizontales de la vie (relation intime avec un partenaire amoureux, conjugal, relation professionnelle), je crois qu'il faut alors entreprendre un travail sur soi de l'ordre de la thérapie. Quel type de thérapie ? Le choix appartient à chacun. Donc, quand la souffrance est là, quand on sent qu'on passe à côté de l'essentiel de la vie, qu'on a du mal à s'abandonner, à entrer dans le plaisir, à regarder le ciel bleu, il faut entreprendre un travail sur soi de l'ordre de la thérapie. Maintenant, d'autres démarches sont possibles. Quand on a (seulement !) des difficultés, qu'on est déstabilisé, qu'on a des passages à vide, qu'on tourne en rond ou qu'on tombe dans des systèmes de rencontres et d'échanges un peu répétitifs, on peut faire un travail sur soi, mais plutôt de l'ordre que j'appellerais de la formation. Apprendre à mieux communiquer avec soi-même, apprendre à mieux communiquer avec autrui. C'est d'ailleurs comme ça que je me suis professionnellement situé durant trente ans, même si les gens m'ont « vu » comme un thérapeute. Je ne me suis jamais positionné en thérapeute, mais en formateur ; c'est-à-dire comme quelqu'un qui invite les gens à devenir des agents de changement pour eux-mêmes et par extension des agents de changement pour autrui. Donc, deux niveaux dans le travail sur soi : thérapie et formation. Ça ne met pas en jeu les mêmes strates, ni les mêmes moyens. Je ne suis pas pour une « psychologisation » à tout prix des relations humaines et pour pousser les gens à suivre des thérapies. Un travail sur soi, oui, et il y a là, aujourd'hui, beaucoup de possibilités sérieuses et cohérentes.

Une parenthèse, peut-être, parce que c'est quelque chose qui n'est pas souvent abordé : il faut quand même se rappeler que les grandes thérapies ont été inventées en fonction de la pathologie de leur créateur. Ça veut dire que tel type de thérapie nous fera progresser et avancer énormément, mais dans une tranche de notre histoire, ignorant ce qui s'est passé au-dessus ou au-dessous. Et que tel autre type de thérapie plus régressive, à l'instar du rebirthing, par exemple, ou plus symbolique (psychodrame, approche jungienne, hypnose...), nous fera avancer dans des tranches plus archaïques, comme celles des messages de notre corps, sans toucher à un poil des conflits qui se jouent à d'autres niveaux. Il faut savoir que c'est un chemin et qu'il y en a beaucoup d'autres.

Une autre approche de travail est l'approche spirituelle, quand elle n'est pas conscientisée comme une fuite ou une mise en dépendance vis-à-vis d'un gourou.

— A vous entendre, et contrairement à ce qu'on pourrait penser, vous êtes relativement terre-à-terre. Ni mystique, ni New Age !

Ni gourou, ni mystico-extra-terrestre, ni guide, ni maître, ni adepte du courant très fréquenté du new-age, en effet. Mais je suis prêt à entrer en matière là-dessus, parce que justement, dans ma génération, j'ai été un de ceux qui furent au cœur de cette mutation, au confluent d'un certain nombre d'approches pleines de promesses, mais dont les dérives on conduit beaucoup à des impasses. Je vais essayer de le décrire très rapidement.

Je suis un enfant de la psychanalyse. Quand j'ai commencé mes études, il y avait, à l'université, une sorte d'impérialisme naissant de la psychanalyse. A tel point qu'il est arrivé qu'on me dise, avant que je n'en commence une : « T'as pas fait de psychanalyse, on peut pas discuter avec toi ; t'es pas sérieux. » Je suis donc entré dans cette sensibilité qui, par la suite, s'est enrichie avec le psychodrame de Moreno. Puis, coup de pouce formidable dans ma vie, j'ai obtenu une bourse d'études pour le Canada, où je suis parti pendant un an et où j'ai découvert ce que je pourrais appeler le courant de la psychologie humaniste, initiée par Carl Rogers (non-directivité, écoute centrée sur la personne et pas sur le problème). J'y ai également découvert toutes les approches corporelles qui étaient inconnues en France, où il était même suspect de toucher, de prendre quelqu'un dans ses bras, de le bercer. Ces techniques qui fleurissaient (bioénergie, sophrologie, rebirthing, analyse transactionnelle, etc.), dans une tentative de contrepoids à la psychanalyse, nous les avons réunies, en France – nous étions quelques utopistes –, à l'enseigne de l'Association européenne de psychologie humaniste. A l'époque, ce groupement a dynamisé de nombreux formateurs et thérapeutes avant d'être balayé, je crois, par tout le courant orientaliste des gourous patentés en « amour universel ». Je vous parle là des années 60-70. Probablement initié et popularisé par les Beatles et par d'autres personnages médiatisés, ce courant orientaliste (il existait déjà, mais il était très individualiste et très entouré de mystère) est devenu dominant. Ainsi, on a redécouvert l'Inde, ses sages, ses maîtres spirituels. Explosion qui a conduit au New Age, phénomène sur lequel j'ai un regard critique, parce qu'il a été la porte ouverte à tout et à n'importe quoi.

— Mais à de bonnes choses, aussi !

A de très bonnes choses, bien sûr. Notamment une dimension spirituelle différente, un accès au divin qui peut être en chacun de nous plutôt que placé au-dessus de nous. Mais ma critique fondamentale s'adresse à ce que j'appelle le spiritualisme, c'est-à-dire à l'orientation, consciente ou non, vers une pseudo-spiritualité à partir d'une recherche sincère, mais qui aboutit le plus souvent à une impasse et qui, pire, fait faire l'économie du travail sur soi. C'est ça le piège. Des gens partent en Inde, vont séjourner dans un ashram ou un monastère, rencontrent un « maître », pratiquent un peu de méditation, des techniques respiratoires, font du yoga... Pour certains qui réalisent ainsi un vrai travail sur eux, c'est un véritable ancrage, mais beaucoup – la grande majorité – font l'économie d'un travail d'introspection, de « reliance » et d'assise interne. C'est ce qui explique, parfois, le déséquilibre, la légèreté ou l'incohérence de nombreuses personnes qui vous disent être passées deux ou trois ans dans un ashram ou avoir suivi l'enseignement de tel maître. Et quand vous les côtoyez au quotidien, vous constatez qu'ils ont des conflits incroyables avec leur partenaire ou qu'ils se comportent comme des petits tyrans domestiques alors qu'ils enseignent l'amour inconditionnel.

— N'est-ce pas toute la difficulté du passage de la théorie à la pratique ?

Non, le malentendu se situe bien au-delà. Le passage de la théorie à la pratique ne se pose pas comme problème, parce que quand on fait un travail sur soi, on n'est pas dans la théorie, mais dans un ressenti, dans l'implication, dans la résurgence de problématiques anciennes, dans la re-stimulation de blessures cachées. Quand on fait une psychanalyse, on n'est pas du tout dans la théorie. On est dans ses tripes, dans son désarroi, dans la solitude, dans la révolte, dans le vécu, dans le bouleversement, dans la tempête intérieure. Pareil pour la sophrologie, l'hypnose, le rebirth, etc. Parfois aussi dans un ashram, dans un travail de méditation, dans l'enseignement avec un maître. Ce qui est important, c'est la cohérence de la démarche, l'adéquation entre ce qui est intégré et la rencontre avec le réel.

— Vous parlez de ces risques de dérapage en prenant pour exemple ces gens qui enseignent l'acceptation d'autrui et qui se conduisent comme des tyrans. Vous-même avez essentiellement écrit et enseigné sur la relation de couple tout en connaissant des déboires, des difficultés et des problèmes dans ce domaine, non ?

Mais tout à fait ! C'est ça le travail d'interrogation. Rencontrer, vivre des problèmes de couple et se donner les moyens de les déposer, ce n'est pas comme les entretenir et rester au fond du trou avec eux ! Quand je dis que je n'enseigne rien que je n'aie traversé, je peux l'illustrer avec mes difficultés conjugales. J'ai été un barbare dans ma vie de couple, un véritable Cro-Magnon ! Je le dis sans trop rougir. Nous en parlons d'ailleurs avec la mère de mes enfants ; aujourd'hui nous pouvons en rire et en sourire avec tendresse. De revoir dans quelles maladresses et dans quelles violences je pouvais être – avec, et c'est ça qui est le plus affligent, une sincérité effroyable. Ce n'est pas cela l'enjeu. Aujourd'hui, je suis encore capable de beaucoup d'erreurs. Ce qui me distinguera de l'homme que j'étais il y a vingt ou trente ans, c'est qu'il me semble que je traverse mes errances plus vite, que je les entretiens moins. Il y a trente ans, j'étais capable de bouder pendant quinze jours ! Vous vous rendez compte ? Vivre avec la femme qu'on aime, la mère de ses enfants, et ne pas dire un mot à table pendant quinze jours ! Parler à l'autre à travers ses enfants ! C'est caricatural, c'est pire que Woody Allen. Mais ça ne me gêne pas du tout. J'ai été cet homme-là. Si ma fille aînée (*aujourd'hui âgée de 45 ans*) me dit : « Papa, tu ne te rends pas compte du père que tu as été ! », je peux lui répondre : « Eh bien oui, quand tu avais neuf ans, j'étais cet homme-là, de trente-deux ans ! » Un jour où elle allait à une surboum, elle avait une minijupe qui me paraissait un peu excessive pour l'époque, alors qu'elle était splendide – elle avait un chignon, le rouge à lèvres et le mascara de sa mère. Je lui dis : « Mais tu ressembles à une putain ! » Vous vous rendez compte ? Dire ça à une jeune fille de douze ou treize ans ! C'est aberrant. Je ne renie rien de ce que j'ai été. Je fais partie d'une histoire, j'ai été capable d'être injuste, aveugle, peut-être pervers, sadique, obsessionnel, tyrannique, inconsistant, incohérent parfois, pourquoi pas ? Je crois, je le répète, que nous avons tous tout un éventail de composantes pathologiques à notre disposition pour saboter notre propre vie et celle de nos proches. J'ai été tout ça. Il peut m'arriver encore de l'être, mais la différence, ce que je ressens profondément, c'est que je m'enferme moins, je conscientise plus rapidement, je sors plus vite des pièges dans lesquels je peux encore tomber. On ne supprime pas la structure et les difficultés liées à cette structure, mais on n'en entretient pas les effets directs et secondaires. Et ça, c'est considérable.

— Puisque vous parlez de votre famille, j'aimerais revenir sur ce sentiment de solitude auquel vous faisiez référence plus haut. La naissance de vos enfants a-t-elle changé quelque chose ?

La venue de mes enfants ne s'est pas jouée dans la dimension de la solitude, même si peut-être quelque chose de cette dimension est concerné. Pour moi, cela s'est joué sur la dimension de la mort. A savoir que je devenais plus responsable de ma vie parce que mes enfants étaient là. Je peux le dire avec beaucoup de simplicité : je crois que j'ai travaillé trente ans de ma vie pour élever cinq enfants. Que durant toute cette période, la priorité, avant même la satisfaction de mes propres besoins, c'était d'assurer et d'assumer les besoins de mes enfants. Je n'ai pourtant pas été un père très présent, très couvant ou hyperprotecteur. J'ai même été un père éloigné, souvent absent, mais cohérent, ne s'étant jamais dérobé face aux grandes fonctions parentales qui sont celles d'un géniteur, d'un père, d'un papa, d'un mari ou d'un ex-mari.

— Bien que vos enfants aient actuellement, en 2002, entre 32 et 45 ans, vous sentez-vous encore responsable d'eux ?

Non, pas responsable, seulement préoccupé, sensible, ouvert à la façon dont ils conduisent leur existence. Ce sont des adultes engagés dans leur vie. Je voudrais dire le sentiment de liberté nouvelle que j'ai éprouvé quand la survie de mes enfants n'a plus dépendu de moi. Ç'a été une grande ouverture, comme si, enfin, je pouvais m'occuper de moi à plein temps, sans culpabilité, sans réticence.

— Peut-on parler de soulagement ?

Oui, oui. Liberté, soulagement, respiration. Je pouvais me poser. J'ai mis longtemps à découvrir que l'amour parental était le seul amour donné pour permettre à l'autre – l'enfant – de nous quitter, de construire sa propre vie en dehors de nous.

— Au-delà de vos enfants, vous avez beaucoup donné, que ce soit à vos lecteurs, à vos stagiaires ou à vos étudiants. Est-ce que vous recevez ?

La réponse se fait hésitante.

J'enseigne, par exemple, que communiquer c'est apprendre à demander, donner, recevoir, refuser. Pendant longtemps, jusqu'à l'âge de trente-cinq, trente-six ans, je ne savais pas demander, je ne savais pas refuser, mais je donnais beaucoup et je recevais beaucoup. Mais je recevais mal. On pouvait déposer sur moi n'importe quoi. J'étais comme une poubelle ouverte, disponible, puisque je ne savais pas dire non. Je savais recevoir, mais pas au bon sens du terme. Recevoir non pas sur le mode de l'accueil et de l'amplification, mais plutôt sur celui de la soumission, de la réceptivité passive.

— Voilà pour votre capacité à recevoir, mais je vous demandais simplement si vous receviez ?

Oui, j'ai beaucoup reçu dans ma vie. Je reçois beaucoup, parce que je ne prends pas, je sais accueillir l'imprévisible. Je sais que dans tout événement il y a un cadeau, un miracle. Ma vie est indissociable de mon travail, de l'approche que j'ai inventée. Et c'est vrai que j'ai le sentiment que plus j'ai avancé dans cette méthode et plus des sens qui étaient en sommeil, en friche, en moi, se sont éveillés. Là où il y a trente ans je n'aurais rien vu, aujourd'hui j'accueille un rayon de soleil, un chant d'oiseau, un regard, un sourire, une parole ou une phrase dans un livre... comme un cadeau. Il y a eu comme un agrandissement de mes perceptions, des sensibilités nouvelles, le développement d'un sixième ou septième sens – celui de s'étonner, de s'émerveiller ou de se respecter. Tout cela fait que je reçois beaucoup, parce qu'il y a beaucoup à recevoir dans la vie quand on s'en donne les moyens.

IV

Amour, délinquance et prescripteurs catastrophiques.

« L'amour n'est pas prioritaire. »

— Sur l'ensemble de la population, une minorité d'individus deviennent des personnalités connues, publiques. Outre les raisons rationnelles, pourquoi, selon vous, avez-vous accédé à ce statut ?

Il y a des raisons internes, liées à ma dynamique personnelle, et des raisons externes, liées à ce qui est dans l'air du temps. Je vais donc m'arrêter davantage sur les raisons personnelles. Je crois que la clé de voûte, la pierre angulaire, c'est mon besoin de reconnaissance. Je suis né de père inconnu – c'est inscrit sur mon acte de naissance. Je n'ai pas été reconnu. Je crois que cela a créé une faille, en même temps que ça a suscité une énergie, un dynamisme particuliers. Pour employer une expression éculée, ce n'est pas par hasard si je suis passé un peu sur le devant de la scène. De la même manière que dans mon enfance, dans la cour de l'école, j'étais déjà un personnage apprécié, recherché. Je crois effectivement qu'un des grands moteurs de ma vie fut de tenter d'apaiser ce besoin de reconnaissance.

— Vous parlez d'un besoin d'être reconnu, mais pas d'un besoin d'être aimé ?

Eh bien, c'est une vraie question pour laquelle je n'ai toujours pas de réponse, parce que je ne suis pas persuadé que nous ayons besoin d'être aimés ! Je ne suis pas persuadé que l'amour soit fondé sur un besoin. Aimer est un don. C'est quelque chose que je suis censé avoir et que je peux offrir à l'autre. Mais pour pouvoir dire à quelqu'un « je t'aime », encore ne faut-il pas être dans le besoin d'être aimé, puisque le besoin d'être aimé est une demande. Cette question m'a fait beaucoup travailler. J'y ai d'ailleurs consacré un livre, *Dis papa, l'amour c'est quoi ?*, pour mes enfants. C'est ce qui explique qu'il y a des pseudo-amours : je dis à quelqu'un « je t'aime ! je t'aime ! » et en fait, ça signifie « aime-moi !, aime-moi ! », parce que je suis dans le besoin d'être aimé, c'est-à-dire dans la demande. En amont de ce besoin d'être aimé, la question est : « Suis-je capable de m'aimer ? » Si je peux répondre « oui », alors je suis capable d'aimer et donc d'être moins dans le besoin d'être aimé et moins dans le besoin d'aimer. Parce qu'il y a aussi le besoin d'aimer. Besoin d'aimer et besoin d'être aimé sont des besoins « suspects » qui peuvent devenir envahissants, terroristes. Si nous regardons en amont, le bébé n'a pas besoin d'être aimé. Il a besoin d'être nourri, il a besoin d'un regard, il a besoin qu'on lui parle, qu'on l'identifie, qu'on le reconnaisse. Il a besoin de la chaleur d'une présence stable. Et ça, tout le monde peut l'offrir, sans forcément aimer le bébé. On le voit bien, d'ailleurs : les meilleures nourrices, quand la mère n'est pas là, ne sont pas celles qui disent : « Mon petit chéri, attends, mamie Doudou est là... » Ce sont celles qui, avec calme, sérénité, régularité, constance, font leur boulot de nourrices en répondant aux besoins – je dis bien aux besoins – essentiels de survie et aux besoins relationnels du bébé. Elles écoutent, sécurisent, reconnaissent, donnent de la valeur.

— Selon vous, l'amour ne serait pas un besoin fondamental ?

Non. C'est quelque chose qui vient en plus. C'est la cerise sur le gâteau. La preuve ? Quand vos besoins fondamentaux ne sont pas remplis, quand vous êtes dans la survie, dans la peur de disparaître, l'autre a beau vous aimer, vous n'êtes pas capable de recevoir l'amour qu'il vous donne. Si j'ai peur d'être viré parce qu'il y a des licenciements dans mon entreprise, c'est mon anxiété qui domine ; ma blonde aura beau m'assurer de son amour, je serai incapable de le recevoir. Parce que c'est un besoin plus primaire, plus archaïque, d'assurance, de sécurité, qui dominera.

— A vous suivre, la délinquance d'un adolescent n'est pas forcément à mettre sur le compte d'un manque d'amour ?

Je ne crois pas. Ce n'est pas de manque d'amour dont souffrent les délinquants ou les enfants en difficulté, mais de manque d'échanges, de partages, de communications cohérentes. Ils souffrent de la faiblesse, de la carence d'une relation qui n'a pas répondu à leurs besoins relationnels. Je le répète : un enfant qui a reçu un immense amour de ses parents, mais un amour associé à une relation de type « je réponds, mon chéri, à tous tes désirs », va déraper. On lui fait une violence terrible en lui laissant croire que l'univers est au service de ses désirs, en ne le confrontant pas à des interdits, à des limites ou à des frustrations. Devant une contrainte minime (qui sera vécue par lui comme injuste), il va répondre par une contre-violence. J'ai étudié les agressions dans les bus (chauffeurs violentés, poignardés, etc.).

— Avez-vous un exemple ?

Un adolescent de quatorze ans dit au chauffeur : « Vous m'arrêtez là ! » Le chauffeur : « Ah non ! L'arrêt du bus est à deux cents mètres. » « Quoi ? Vous allez pas me faire chier ! Ma rue est là, vous n'allez pas m'obliger à faire deux cents mètres à pied ! » L'adolescent ne supporte pas cette frustration, que l'autre, en face, ne satisfasse pas son désir. Ça ne veut pas dire qu'il a manqué d'amour. Il a une mère qui, pendant quatorze ans, a été à ses petits soins : « Mon chéri, qu'est-ce que tu veux manger aujourd'hui ? Comme tu es toujours pressé, je t'ai préparé des frites et un steak, avec un bon dessert. » Quand on regarde et qu'on entre dans l'intimité des enfants et des adolescents, on constate qu'ils n'ont pas manqué d'amour. Il ne faut pas croire qu'ils ont été enfermés dans des placards ou ont été l'objet de sévices. Ce n'est pas toujours vrai. Ils ont reçu beaucoup d'amour, mais ils ont été élevés dans une relation que j'appelle perverse – je ne dis pas que le père et la mère étaient pervers –, dans le sens où elle leur laissait croire que leurs désirs étaient tout-puissants. Je sais qu'en disant cela je vais choquer beaucoup de monde, mais moi, je ne souhaite pas ronronner, entretenir des lieux communs.

Prenons mon exemple : j'ai été un enfant très aimé – je ne sais pas s'il y a beaucoup d'enfants au monde qui ont été aimés comme j'ai été aimé par ma mère – et pourtant je ne savais pas communiquer. Avec beaucoup d'amour, ma mère m'a proposé un système d'injonctions, de dévalorisations, de comparaisons, de menaces, de chantages et de culpabilisations assez répétitif. Elle voyait toujours ce que je n'avais pas fait : « Ah ! Tu as encore oublié le pain ! », même si je ne l'avais pas oublié, mais déposé au bord de la fenêtre pour me libérer les mains. J'arrivais dans la cuisine : « Ah ! Tu as encore oublié le pain ! » Je ne sais pas si vous voyez l'accusation, la mise en cause, le doute, la non-confiance en soi qu'un tel système peut développer !

— On pourrait donc déclarer : « L'amour n'est pas nécessaire ! » ?

Contrairement aux idées établies, je dirais que l'amour n'est pas prioritaire. Le plus beau cadeau qu'on puisse faire à un enfant n'est pas tant de l'aimer que de lui apprendre à s'aimer. Et cela passe par une relation de qualité qui répond aux besoins relationnels fondamentaux de tout être humain : besoin de se dire, d'être entendu, d'être reconnu, valorisé, d'avoir une intimité, la capacité de se mouvoir et d'influencer son environnement. Quand les besoins élémentaires ne sont pas ou plus satisfaits – et c'est terrifiant de le constater –, l'amour est impuissant. Peut-être faut-il le révéler, parce que c'est ce qui explique les atrocités qui existent dans certaines situations. Ce dont nous sommes tous capables.

— Personnellement, de quoi seriez-vous capable ?

Mais de tout ! D'une violence inouïe pouvant aller jusqu'au meurtre. Si ce qui a été blessé en moi me trouve tellement démuni, tellement désemparé, ou réveille peut-être une blessure archaïque, cela pourrait me conduire à faire un passage à l'acte. Il faut se rappeler que nous sommes des êtres avec des pathologies polymorphes, potentiellement porteurs de toutes les pathologies existantes. Si la plupart d'entre elles fonctionnent a minima dans les situations de vie normales, elles peuvent être réactivées par certaines autres situations. C'est ce qui se passe dans toute guerre. Des conditions exceptionnelles peuvent réveiller des violences qui habituellement ne se manifestent pas.

En ce qui concerne le couple, d'ailleurs, je pense que tout homme ou toute femme a, à un moment ou à un autre, imaginé, rêvé ou espéré la mort de son partenaire !

— Vous vous dites potentiellement capable de tout, mais vous n'êtes jamais passé à l'acte !

Jusqu'à aujourd'hui... non ! Je le dis avec beaucoup d'humour et de tendresse inquiète : « Jusqu'à aujourd'hui... non ! »

— De tendresse inquiète ?

Ça veut dire que j'espère avoir suffisamment de tendresse pour ceux qui m'entourent et de lucidité sur moi-même pour ne pas avoir à passer à l'acte.

— Cette espérance sous-entend que tout cela reste fragile ?

Dans les camps de concentration, par exemple, en ouvrant les portes des chambres à gaz, on a vu, proche de ces portes, justement, des mères et des pères avoir écarté leurs enfants, peut-être même les avoir piétinés, pour tenter désespérément de respirer une hypothétique ultime trace d'oxygène pour survivre. Les mêmes personnes qui auraient pourtant donné leur vie pour sauver celle de leur enfant, mais qui, dans une situation de survie... C'est ça qu'il faut comprendre. Quand on est dans la survie, c'est le cerveau reptilien, le plus archaïque de nos trois cerveaux – les deux autres étant les cerveaux droit et gauche – qui passe au premier plan.
Je vous donne un autre exemple. Une femme m'a témoigné avoir plongé pour aller sauver son mari qui se noyait sous ses yeux. Lui, s'accrochant à elle comme à une bouée, s'appuyant sur elle de tout son poids pour se hisser hors de l'eau, était en train de la noyer à son tour. Eh bien, cette femme m'a avoué avoir été obligée de s'éloigner de lui pour ne pas mourir ! Cet homme qui, une heure, un jour ou un mois avant, pouvait faire la plus extraordinaire déclaration d'amour à sa bien-aimée était capable de tenter de la noyer pour, lui, tenter de survivre. Ça, c'est le cerveau reptilien ! Et tous les discours viennent buter là-dessus.

— Et vous, avez-vous été ou seriez-vous prêt à mourir, à donner votre vie pour quelqu'un ou pour une cause ?

Je vais le dire tout simplement : si je ne suis pas prêt à donner ma vie pour une idée, aussi généreuse soit-elle, je suis prêt à me battre pour une cause. Dans « donner sa vie », il y a comme une idée de troc. Je ne crois pas que ma mort arrangerait quelque chose. Je ne crois pas en l'exemple de la mort. Je crois en l'exemple du témoignage, du combat. Je ne veux pas donner ma vie, non. Je peux donner toutes mes énergies pour faire avancer quelque chose. Et pour cela, j'ai besoin de ma vie.

— Vous collaborez, comme auteur, à de nombreux médias, publiez beaucoup. Ne craignez-vous pas d'en faire trop, de risquer de vous galvauder ?

Je suis peut-être dans un leurre ou une illusion, mais je n'ai pas cette inquiétude. Au fond, qu'est-ce que j'ai fait ? Je n'ai écrit qu'un seul livre qui a pour l'instant trente-six chapitres. Peut-être qu'il en aura quinze de plus dans les dix prochaines années. Est-ce que Victor Hugo s'est galvaudé ? Alexandre Dumas ? Balzac ? Pour prendre des gens qui ont beaucoup écrit. C'est vrai qu'il y a certains vers de Victor Hugo qui ne pèsent pas lourd. Peut-être certains textes, même. Oui, mais il y a l'ensemble, une œuvre. Et puis, je le répète, dans le domaine dans lequel j'écris, nous avons tout à découvrir.

— Il vous est cependant parfois reproché de toujours écrire la même chose. Qu'en pensez-vous ?

Mais qui dit que je me répète ? Des journalistes qui ne m'ont pas lu ! C'est important de parler de ça. C'est souvent aberrant : ils n'ont lu que la quatrième de couverture ou parcouru le livre en diagonale. Les gens qui me lisent, au contraire, témoignent qu'ils découvrent chaque fois des choses nouvelles dans ce que j'écris. Ce sont les journalistes, par exemple, qui ont créé sur ma personne la fiction de gourou. Ce qui fait qu'aujourd'hui encore, certains d'entre eux me disent : « Vous êtes vu comme un gourou. » Attendez ! Par qui suis-je vu comme un gourou ? Il s'est passé un phénomène de miroir. Ils ont construit une image et prétendent ensuite ne voir que cette image ! Or, rien ni dans ma vie ni dans mes actes ne peut étayer cet étiquetage. Je ne développe pas de dépendances, je n'ai pas créé d'association, je n'ai jamais demandé de cotisations. J'ai travaillé dans un organisme de formation qui demandait un prix de stage et qui délivrait un reçu et une attestation de formation.

— Il me semble toutefois avoir lu que vous avez décidé de cesser toute activité de stages et autres séminaires, en 1996, afin d'éviter ce phénomène de « gouroutisation », justement. Et c'est vous qui le déclariez !

Effectivement. A un moment de ma vie professionnelle, je me suis vécu comme ayant été victime d'un phénomène de « gouroutisation », sorte de projection, sur ma personne, d'un rôle dans lequel je ne pouvais pas me reconnaître, qui est à l'opposé de ce que j'enseigne. Parce que les mots-clés de mon travail sont : responsabilisation, respect de soi, engagement.
Pour les stagiaires qui suivaient mes formations, je n'ai jamais été un guide, un maître à penser ou une référence de vie. J'ai été un formateur qui rappelait sans cesse que la prise de conscience n'est pas suffisante. Qu'il faut quelque chose de plus, un projet de vie, un ensemble de moyens, une cohérence pour les intégrer et les mettre en application au quotidien. Ce matin, j'ai pris conscience que le pneu arrière de ma voiture avait crevé ; c'est curieux, ça ne l'a pas regonflé !

— Mais qui était à l'origine de ces projections ?

Les enthousiastes, les inconditionnels qui, avec trop de zèle, veulent persuader leur entourage qu'ils ont découvert la recette du bonheur et du bien-être au travers de la méthode E.S.P.E.R.E. C'est paradoxal, mais ce sont ces gens-là qui me portent le plus préjudice. Ce ne sont pas ceux qui me critiquent ou qui sont contre moi. Les gens qui me font le plus de mal, déformant mon approche en la présentant comme la panacée à toutes les difficultés relationnelles, sont ceux qui disent : « Ah ! Salomé, c'est formidable, tu vas voir. » Ils irritent l'entourage, les amis. Ce sont ceux que j'appelle les « prescripteurs catastrophiques » : « Tu devrais faire du Salomé. Tu devrais aller l'écouter, tu devrais le lire. » Ils me mettent, par cercles concentriques, des centaines de personnes contre moi.

— A un moment ou l'autre de votre vie, vous est-il arrivé de songer au suicide ?

Oui, à deux reprises. Une fois, à l'entrée de l'âge adulte, vers dix-sept, dix-huit ans, dans une période de repliement, de

désarroi, où la vie n'avait plus de goût, où j'étais un OVNI venant d'une autre planète. Je n'ai pas fait de tentative. Même pas un début de passage à l'acte, mais l'idée que la vie ne valait pas la peine d'être vécue m'a traversé. J'ai rêvé de disparaître, de ne pas aller plus loin. Ce qui est une grossière erreur. La vie vaut la peine d'être vécue. La vie, c'est une succession permanente de miracles. C'est nous qui la maltraitons, qui ne savons pas nous connecter à elle, accueillir tous ses cadeaux.
L'autre fois, c'était plus tard, à trente-quatre ans, après une rupture amoureuse vraiment très très douloureuse. Une relation trop fusionnelle qui m'avait dévitalisé.

— Qu'est-ce qui, dans les deux cas, vous a permis de ne pas passer à l'acte ?

Dans le premier cas, c'est la vie. Dans le deuxième cas, c'est un livre que j'ai écrit, *Je m'appelle toi*, le roman dont j'ai parlé en tout début d'entretien. Un ouvrage thérapeutique qui m'a réconcilié avec une partie de moi qui se désagrégeait.

— Je vous interroge sur votre enfance, la maladie, les problèmes conjugaux, le suicide... et vous répondez ! N'avez-vous pas de tabou ? Êtes-vous si ouvert, si transparent ?

Je ne sais pas si je suis si ouvert. J'enseigne que quoi qu'il se passe dans une relation on peut faire quelque chose avec. Donc, quoi que vous me demandiez, je vais répondre – mais pas nécessairement dans le sens de vos attentes, parce que j'enseigne aussi que celui qui pose une question prend le risque de la réponse. Cela dit, j'ai un jardin secret personnel dans lequel vous n'avez pas encore mis les pieds.

— Justement, ce jardin secret... Relève-t-il d'un sujet, d'un domaine particulier ?

Non, en fait, pour moi, il se rapporte plutôt au refus de l'intrusion... A la manière de poser les questions, par exemple.

— Mais encore ?

Je crois que nous avons tous besoin de ce que j'appelle la bonne distance. Même dans le cadre de la relation sexuelle et amoureuse. Nous pouvons être très proches l'un de l'autre, mais avoir besoin, à un moment donné, de trouver une distanciation par rapport à ce que nous éprouvons. Personnellement, si je transpire, par exemple, je n'aime pas coller ma peau à celle de l'autre. Je vais donc chercher une certaine distance. C'est ça, l'apprivoisement de l'intimité et du jardin secret. Autrement dit, je peux partager beaucoup, beaucoup de choses, mais pas n'importe quand, ni avec n'importe qui.

— Vous êtes vous-même très peu – pour ne pas dire pas du tout – intrusif. Est-ce par pur respect de l'autre ou un petit peu par calcul, afin d'inciter votre vis-à-vis à ne pas l'être à votre égard ?

C'est simplement par respect de moi-même. Je ne pourrais pas me respecter en ne pratiquant pas ce que je tente d'enseigner sous l'appellation de règles d'hygiène relationnelle. Règles qui visent à développer l'autonomie, le positionnement et l'affirmation de soi, la créativité et la confiance.

— Ne pas être intrusif serait naturel chez vous ?

Ce n'était pas naturel. Il me semble par contre que c'est le cas avec l'homme que je suis devenu. Ça fait partie aujourd'hui de ma sensibilité, de ma « longueur d'onde », de mes registres, des balises explicites et implicites que je pose dans toute relation.

— Au quotidien, sans référence à des problèmes particuliers, qu'est-ce qui vous aide à vivre ?

Ce qui m'aide à vivre, c'est ce pour quoi j'ai du plaisir... à vivre. La bienveillance de ce ciel bleu, par exemple. Ce sont vraiment des petites choses. Les germes de la beauté présents dans chaque instant. Je m'entoure de beauté, d'harmonie ; j'ai des tableaux, des sculptures – qu'on peut aimer ou pas. Je suis très sensible à la rencontre avec la beauté. Je trouve d'ailleurs que l'argent devrait servir à ça, à créer de la beauté. Ce qui m'aide, aussi, c'est de vivre chaque instant au présent. J'ai soixante-sept ans ; mettons qu'il m'en reste vingt à vivre, ce qui serait un beau score. Vingt ans, ça représente quoi ? Un peu plus de 7'000 journées... seulement ! Je viens d'en consommer la moitié d'une avec vous ! Chaque jour est précieux et mérite d'être vécu en plein ; il ne faut rien en gaspiller.

— Puisque vous venez d'en parler... Quel rapport entretenez-vous avec l'argent ?

Un rapport de dilettante. Je n'ai pas de porte-monnaie, par exemple. Je mets les billets dans ma poche, ce qui fait que parfois j'en perds. Ce qui est très important pour moi, c'est que je me suis assuré une sorte de sécurité me permettant de ne dépendre de personne. J'ai une reconnaissance profonde à l'égard de l'argent que je gagne, parce qu'il me donne de la liberté. Je ne fais pas de dépenses somptuaires, j'ai un mode de vie relativement simple. L'argent ne représente pas un avoir, mais un support pour mieux être en accord avec mes choix.

— Que voulez-vous dire par dilettante ?

Je ne sais jamais combien j'ai.

— On dit que c'est le privilège de ceux qui ont beaucoup !

Oui, j'ai des droits d'auteur importants. J'ai beaucoup de moyens, parce que je ne dépense pas tout ce que je gagne.

— Vous avancez que l'argent vous donne une certaine liberté, mais n'êtes-vous pas un des premiers à dire que la liberté est avant tout intérieure ?

La liberté d'être est une liberté intérieure ; elle repose sur la capacité de faire des choix, de se positionner, de gérer ses besoins, de ne pas être asservi par ses désirs. Mais il y a aussi la liberté de faire, de voyager, de disposer de son temps, de ne dépendre de personne. Cette liberté-là est liée à l'argent !

— Êtes-vous un voyageur ?

J'ai beaucoup voyagé dans ma vie, mais j'ai un handicap, je ne sais pas parler l'anglais. J'ai une résistance, et aujourd'hui, pour voyager, pour entrer en contact, il faut quand même une langue de médiation. Je sens, là, que je suis un infirme. Il y a une autre raison aussi, c'est que je vis dans un pays magique. Ce qui m'entoure est très beau ; je ne le retrouve pas ailleurs. Ce ciel bleu, il faut aller loin pour le retrouver. Ici, il m'est offert, je baigne dedans. Et puis, il y a les arbres, mes amis, l'accueil de ce village. Plus je vieillis, moins j'ai le goût du voyage.

— Mais le voyage, ce n'est pas seulement le ciel bleu ; c'est la rencontre, l'ouverture à d'autres pensées, à d'autres cultures !

Sur ce plan-là, je me suis mis un peu en retrait. Et puis, aujourd'hui, bénéfice secondaire de la notoriété, c'est le monde qui vient à moi. J'ai un peu moins besoin d'aller aux autres, j'ai beaucoup de gens qui viennent me voir, qui passent dans cette maison, qui m'apportent le mouvement des idées du dehors.

— A propos de rencontres... Tous domaines confondus – que ce soit en peinture, littérature, sciences, musique –, y a-t-il des gens que vous auriez aimé rencontrer ?

Dans chacun de ces grands domaines, oui. J'aurais aimé rencontrer Rodin, Camille Claudel – avant Rodin, même. J'aurais aimé rencontrer Chopin, les grands violonistes d'aujourd'hui, Itzhak Perlman ; des peintres : Balthus, Cézanne... Oui, j'ai une fascination pour ces gens dont les créations font du bien, et dont j'imagine la présence, le regard, porteurs de messages. Ces gens qui ont une sorte de charisme, de qualité d'être et de savoir. J'aurais bien aimé rencontrer Michel-Ange, aussi, et Léonard, à la fin de sa vie...

— A contrario, et même à l'occasion d'un entretien privé, y a-t-il quelqu'un que vous refuseriez de rencontrer s'il vous le demandait ?

Le Pen. Si je le rencontrais comme ça dans un train, je ne refuserais pas l'échange, mais prendre du temps de ma vie... non ! Non, parce que je ressens qu'il y a des gens toxiques, qui ne sont pas bons pour moi. Par mon vécu personnel, je sais qu'on reçoit deux types de messages venant de l'autre. Des messages cadeaux, des messages positifs ; si je sais les recevoir, j'agrandis la « vivance » de ma vie, je suis plus « énergétigène », j'ai plus d'amour de moi, en moi, pour moi. Mais il y a des personnes qui nous envoient des messages « caca », négatifs, qui blessent, dévorent vos énergies et vous laissent plus démunis. Ceux-là, je ne les recherche pas.

— C'est le seul que vous ne rencontreriez pas ?

Il y en a d'autres, du même type. Je sais, par expérience, que certaines personnes sont très habiles pour vous manipuler ou pour déjouer vos propres défenses. Je suis quelqu'un de vulnérable et je ne veux pas me laisser polluer inutilement. Je n'ai qu'une vie, je le répète – je ne crois pas en la réincarnation, au paradis, à l'au-delà. Cette vie-là, je me dois donc de la protéger des relations toxiques.

— Où irez-vous après cette vie ?

Je n'irai nulle part. Je m'éteindrai. Comme une flamme. Ma vie, c'est une sorte de flamme. Quand il n'y a plus de combustible, elle s'éteint et elle disparaît. Ce qui va rester de moi, c'est quelques traces, quelques livres, quelques souvenirs chez ceux qui m'ont rencontré, des émotions chez ceux qui m'ont aimé, et peut-être une autre façon de concevoir les relations humaines. Ma cosmologie personnelle est la suivante : je crois qu'en naissant nous recevons une somme d'amour et d'énergie. Une parcelle nourrissante d'énergie universelle et d'amour intemporel.

— De qui ?

Du cosmos, de l'univers. C'est la part d'universel qui va se raccorder, cohabiter à la part d'unique qui est en nous. La part du Tout qui s'accroche à la partie de ce Tout dont je suis. Je crois que l'enjeu de toute existence, du passage sur la terre est le suivant : mettons que j'aie reçu – en termes d'énergie et d'amour – l'équivalent d'une orange ou d'un melon. Est-ce que je me contente de vivre ma vie en consommant cette parcelle d'amour et d'énergie universelle que j'ai reçue (ce qui fait qu'à la fin de ma vie, quand la flamme s'éteint, il reste une part infime, un grain de sable, qui reviendra à la masse universelle) ? Ou est-ce que je vis et construis ma vie en agrandissant la masse d'énergie et d'amour reçue en dépôt (et quand je passe de l'autre côté, je redonne à la vie plus de vie que je n'en ai reçu) ?

— C'est la parabole des talents !

D'une certaine façon, oui. Sauf que je ne l'inscris pas dans une dimension religieuse. Je crois que nous recevons la vie en dépôt. Je crois que notre mission d'êtres humains, c'est non seulement de maintenir la vie vivante, mais d'agrandir la parcelle de vie que nous avons reçue. C'est pour ça que nous sommes en danger aujourd'hui. Depuis quelques décennies, il y a une accélération de la « dévivance » de la vie – les hommes et les femmes d'aujourd'hui me semblent moins vivants que ceux d'autrefois, même si les conditions de vie sont deux fois plus faciles.

— Vous faites de la nostalgie, là !?

Non, ce n'est pas une question de passéisme, mais ce que je vous dis, je le constate. Regardez la gueule des gens dans la rue ! A Paris, dans le métro, par exemple, les gens sont tristes, passifs, dévitalisés pour la plupart. Cette hémorragie énergétique que je sens m'atteint, me fatigue, retentit sur moi. Quand quelqu'un entre dans le wagon et qu'il est, au contraire, vivant, dynamique, c'est une bouffée d'air. Vous le sentez bien. Il n'y a pas de preuves scientifiques à ça ; c'est quelque chose que je ressens. Comme je ressens qu'il y a des gens qui sont « énergétivores », qui vous bouffent de l'énergie, et d'autres qui sont « énergétigènes », qui engendrent de l'énergie. Il y a peu, je discutais avec Bernard Werber, l'auteur des *Fourmis*, quant à la place et au devenir de l'Homme. Il me disait : « L'Homme doit se situer entre le rat et la fourmi. Parce que la fourmi, ça fait cent millions d'années qu'elle est sur la terre. Pour survivre aussi longtemps, elle s'est donné des moyens – individuels et collectifs. L'homo habilis, l'homme habile, celui qui a commencé à créer avec ses mains, a deux millions d'années ; l'homo sapiens sapiens, qui écrit, pense et exprime sa pensée, 35 à 40'000 ans. Serons-nous capables de survivre cinq millions d'années ? »
Mon inquiétude, c'est la « vivance » de la vie. Je ne suis pas inquiet de la bombe atomique, de l'arrivée des Chinois ou même, à l'extrême, de l'arrivée de Le Pen au pouvoir ; ce serait inquiétant, ce serait difficile, mais on pourrait combattre. La « dévivance » de la vie, par contre, on ne peut la combattre que par l'énergie et l'amour. Or, les forces d'amour sont toujours individuelles, elles passent par rayonnement individuel. Les forces de destruction, du « mal », elles, sont toujours collectives. Elles s'appuient sur une institution, un appareil, une technologie.

— Votre crainte quant à l'avenir de l'humanité signifie-t-elle que vous ne croyez pas au triomphe de l'amour ?

Croire en la toute puissance de l'amour est une position que je ressens comme naïve. Je n'y crois pas, en effet. Il faudra se donner d'autres moyens que les moyens de l'amour : conscientisation, communications sans violences, relations plus vivantes. J'ai souvent l'impression que ce que j'enseigne sous le vocable de méthode E.S.P.E.R.E. va à contre-courant du mouvement général. Le mouvement socio-économique culturel va vers l'uniformisation, le conditionnement, la globalisation, la mondialisation. Ce sont des multinationales qui actuellement cogitent pour savoir ce que je vais manger dans dix ans, combien de mètres carrés de sable je vais consommer chaque année pour mes loisirs... de neige, de Mc Do, de télévision. Nous sommes naïfs ! Les 35 heures, ce n'est pas pour l'amélioration, l'épanouissement et le bien-être des hommes et des femmes d'aujourd'hui. Les 35 heures vont nous permettre de passer de trois heures et demie par jour de consommation de télévision à cinq heures ! Parce que derrière la télévision et les loisirs, il y a des produits de consommation à acheter, il y a des conditionnements, un immense marché d'asservissements. En schématisant : si au XIXe et au XXe siècle on a été aliéné par le monde du travail, je pense qu'au XXIe ou au XXIIe siècle on risque d'être aliéné par le monde des loisirs. Et on nous donnera les moyens de l'être ! Si les heures supplémentaires de liberté que vous avez vous permettent de faire plus de méditation, plus de travail de conscientisation, plus de travail sur vous-même, eh bien, tant mieux ! Mais si elles vous entraînent à consommer un peu plus de Djerba, de Club Med, de télévision, d'autoroute, de voiture... A long terme, vous êtes encore plus aliénés !

— Au vu de la situation du monde, justement, et indépendamment de l'âge, feriez-vous un enfant actuellement ?

Non. Et pour deux raisons. Je suis déjà passé par là et je sais la décentration de soi, l'écoute et la vigilance que cela demande. Je trouve aussi qu'il faut beaucoup d'abnégation, beaucoup de dévouement pour élever un enfant. J'ai une admiration inouïe pour les femmes. Quelle persévérance, quelle présence ! Bien sûr, il y a des satisfactions. Mais quelle aliénation de leurs besoins, aussi, pour celles qui se consacrent à l'élevage d'un enfant (je prends ce mot au sens noble du terme : l'élever) !

Sa main qui s'élève lentement devant lui illustre le propos.

Je ne m'en sens pas capable. J'ai déjà donné. Et je sais de quoi je parle.

— Ça, c'est une chose, mais par rapport à la marche du monde ?

C'est la deuxième partie. Si je faisais un enfant aujourd'hui, malgré tout ce que j'ai appris et malgré tout que je sais, je ne suis pas persuadé que j'aurais les moyens de transmettre de nouvelles valeurs pour vivre dans le monde de demain. Valeurs qui puissent faire contrepoids à celles, dominantes, de la consommation, de la transgression et du narcissisme. Nous sommes vraiment très manipulés par les médias. Regardez la guerre du Golfe, qui a été entièrement téléguidée par le service de communication de l'armée américaine ! Je ne peux plus faire confiance à ce que je vois à la télévision.

— Je n'ai pas vraiment saisi votre deuxième raison de ne pas mettre au monde un enfant aujourd'hui.

Parce que je ne suis pas sûr que cet enfant-là pourrait trouver une place dans le monde de demain, qui lui permette d'être heureux et de s'épanouir.

— Mais vous parliez de « nouvelles valeurs ».
Les « vraies valeurs » ne sont-elles pas toujours les mêmes ?

Pour moi, les nouvelles valeurs à défendre aujourd'hui, par exemple, seraient la justice, la tolérance, le respect de soi. Moi, j'ai été élevé dans une éducation judéo-chrétienne à dimension messianique : le bonheur nous viendra après (« Vous êtes les derniers sur la terre, mais ce n'est pas grave, vous serez les premiers après. ») Mais qui nous disait cela, qui entretenait ces valeurs-là ? Ceux qui détenaient le pouvoir – la grande bourgeoisie, les princes de l'Eglise, les possédants.

— J'aimerais revenir à ces nouvelles valeurs. Y en a-t-il d'autres ?

Sortir du spontanéisme, de l'illusion de croire qu'avec un peu d'amour, de bonne volonté et de bon sens on devrait pouvoir communiquer. Eh bien, non ! Pas du tout. Si je veux changer quelque chose dans ma façon de communiquer, de mettre en commun, il faut que, au-delà de l'intentionnalité, je me donne les moyens d'apprendre.

— Et vous dites que vous ne seriez pas sûr de pouvoir transmettre ces nouvelles valeurs à un enfant alors que c'est ce que vous enseignez !?

Mais oui, parce que je ne suis pas dans la même position. Quand je l'enseigne aux autres, j'ai une attitude d'offrande. Ils prennent, ils ne prennent pas, c'est leur affaire. S'il s'agit de mon enfant, j'ai aussi une attitude d'offrande, mais doublée d'un désir : je voudrais qu'il prenne. Or souvent, comme père, je suis la personne la plus mal placée. Comme parents, nous ne sommes pas les personnes les mieux placées pour susciter des changements chez nos enfants. C'est tout l'enjeu dialectique du désir vers l'autre et du désir sur l'autre.

— Avez-vous connu de grands conflits avec vos enfants lors de leur éducation ?

Oui. Oui, bien sûr. Des conflits dans lesquels je me comportais de façon injuste, réactionnelle. C'est-à-dire impliquant une intervention disqualifiante, moralisante ou abusive à partir d'un seul élément alors que je n'avais pas une vision d'ensemble, que je ne connaissais pas le vécu intime de l'enfant en question. Les enfants sont d'une très grande habileté pour stimuler vos zones de vulnérabilité. Que ce soit par des accusations injustes ou par des jugements à l'emporte-pièce du genre : « Tu n'as pas le droit de quitter maman ! »

— Vous vous accusez presque, dans ces exemples. Or, il devait bien y avoir des situations où vous aviez raison !

En matière d'éducation des enfants, ça ne sert à rien d'avoir raison. Cela n'a pas beaucoup de valeur. Est-ce que j'ai raison en lui disant : « Ecoute ! A l'âge de onze ans tu as besoin de huit ou neuf heures de sommeil. Je t'interdis donc d'aller à cette surboum ou de regarder la télévision jusqu'à minuit » ? Pour l'enfant, c'est son désir ou son anticipation de tout le plaisir qu'il aura d'aller à cette soirée qui domine. C'est paradoxal, mais il ne sert à rien d'avoir raison. Il faut par contre, sans arrêt, marquer un positionnement, une affirmation. Cela dit, le conflit est très dynamisant. Je suis pour le conflit ouvert, qui est extrêmement constructif. Ce qui est le plus désastreux, c'est le conflit larvé, caché, refoulé, qui cause des dégâts terribles.

— Mais dans le cas du jeune qui veut sortir le soir, que faites-vous s'il n'est pas question pour vous d'avoir raison ? Vous le laisser aller ?

Non. J'ai un positionnement d'affirmation.
– Moi, je t'interdis de sortir.
– Comment ? Tu ne vas pas m'interdire de sortir... Je sortirai quand même !

– C'est possible, mais tu n'as pas mon accord.
C'est pareil pour la cigarette ou pour les drogues, même prétendues « douces ». « Pour des raisons qui t'appartiennent, tu penses que c'est bon pour toi, mais moi, à mon bout de la relation, je pense que ce n'est pas bon pour toi et je ne collaborerai donc pas à cela. Si je vois des cigarettes dans la maison je les jette à la poubelle, etc. » C'est ça, le positionnement. La question n'est pas d'avoir raison, mais d'avoir un ancrage de positionnement contre lequel les désirs, les angoisses et les tentatives de transgression de l'enfant viendront buter, se structurer, se construire.
Je prends un autre exemple. A un moment donné, une de mes filles fréquentait un garçon qui manifestement n'était pas très équilibré et que je ne voyais pas bon pour elle. Elle a essayé de m'entraîner sur le plan des sentiments : « Tu n'as pas le droit de me dicter qui je dois aimer ou pas ! » Je lui ai répondu que je ne lui parlais pas des sentiments qu'elle pouvait avoir pour ce garçon, mais de la relation que ce garçon était susceptible de lui proposer. Je lui ai tendu une écharpe symbolisant la relation, lui disant que je ne pensais pas qu'elle soit bonne pour elle : « Je ne collaborerai pas à cette relation. Je n'inviterai pas ce garçon à la maison. Je ne veux pas le voir ici. » C'est se positionner face à leurs errances ou tâtonnements qui me paraît le plus important.

— Vous m'avez répondu par l'affirmative quant à savoir si vous aviez connu de grands conflits lors de l'éducation de vos enfants, or ce que vous me dites ne me paraît pas être très important !

Pour moi, si. Les conflits avec les enfants ont pour origine la peur que nous avons qu'ils fassent une mauvaise rencontre ; la peur que j'ai eue que ma fille tombe enceinte quand j'ai découvert qu'elle faisait l'amour avec son partenaire ; la peur qu'ils dévient de leurs études et qu'ils s'embarquent – c'était l'époque des hippies – dans un rêve ou une fuite du réel qui, dans mon esprit, les aurait fait se perdre. J'ai affronté tous ces conflits-là. De même, quand j'ai découvert qu'un de mes enfants fumait du cannabis. Je me suis alors positionné en disant que je ne pouvais pas collaborer à cette pratique, que je ne pensais pas que le cannabis (même s'il est considéré comme une drogue douce) pouvait être bon pour lui, et qu'en conséquence je ne cautionnerais pas cela avec l'argent de poche que je lui versais chaque semaine. Je l'ai alors entendu me dire : « Eh bien, puisque tu ne veux pas me donner d'argent, j'irai le voler ! » Ce à quoi j'ai répondu : « C'est possible, mais il y aura alors une sanction de la réalité. Si tu voles, tu te mets hors-la-loi. »

— Vous n'avez donc pas été un père prêt à tout faire pour soutenir ou protéger vos enfants en cas de dérapages de leur part ! Ils devaient assumer...

... les conséquences de leurs propres comportements. Cela a été le cas pour une de mes filles, qui a été battue par un homme. Je suis allé voir cet homme et je me suis positionné. Bon, à l'époque, je l'ai fait dans un rapport de force en le menaçant – aujourd'hui j'ai un peu honte de le dire – d'une guerre ouverte entre lui et moi s'il frappait de nouveau ma fille.

Ce qu'il faut préciser, c'est que je vous réponds ici ponctuellement, mais que tout cela se passe dans un ensemble, dans un mouvement, avec des tâtonnements, des hésitations, mais aussi avec une cohérence interne qui est connue de mes enfants. J'ai l'air d'avoir des affirmations et des réponses à tout, mais je sens que je suis toujours dans le doute, dans l'interrogation et dans l'« humanitude ». Je n'ai pas beaucoup de certitudes, mais quelques lignes de conduites que je tiens à respecter.

— Encore maintenant ?

Encore maintenant ! En fait, je n'ai qu'une seule certitude aujourd'hui, tout le reste n'étant que des croyances ou des positions d'un moment donné. La seule certitude que j'ai, c'est qu'un jour je vais mourir. Mais tant que je n'ai pas remis en cause une croyance, elle me sert de point d'ancrage, de balise, de référence, et je m'y tiens.

V

Religion, TV et sexualité.

« J'ai découvert le plaisir tard. »

— Vous vous dites agnostique et non athée. Pourquoi ?

Je ne crois pas à une entité qu'on appelle Dieu. Je crois que si Dieu existe, c'est parce que c'est nous qui l'avons créé. Je ne crois pas que Dieu a créé l'Homme. Ça serait intéressant, dans l'histoire de l'humanité, d'ailleurs, d'essayer de retrouver dans quelle phase d'angoisse, de désarroi, de « démunition » l'Homme s'est senti obligé de créer Dieu et de se mettre sous sa protection. De renoncer, d'une certaine façon, à ses pouvoirs, à la relation à la nature, au contact avec le Tout. Les cultures primordiales (chamaniques, etc.) ont gardé des traces de cela ; un dialogue direct avec la part de divin qui est en chacun.

— Qui a créé alors cette nature et ce ciel bleu que vous aimez tant ?

La rencontre de quelques particules d'oxygène, d'hydrogène... Ma fille, qui est biologiste, me le dit : « Le fait que je te parle, que tu m'écoutes, que tu sois là, devant moi, suppose une telle succession d'événements qui y concourent ! C'est un miracle permanent. » Mais comment sommes-nous arrivés à cet état achevé de perfection, où une infinitude de signes, de messages et d'informations circulent, se rencontrent, s'ajustent, pour déclencher un processus de maturation, d'évolution, de reproduction ? D'un seul coup, par une création, par une sorte d'improvisation magique ou par une évolution, une construction lente, besogneuse, adaptée, articulée ? C'est à l'image de notre devenir. Ma vie ne s'est pas créée parce que je crois ou ne crois pas en Dieu. Le devenir de ma vie, dans mon existence d'homme de soixante-sept ans, s'est créé à partir de tout le travail d'association, de construction, d'archéologie, d'errances, de retrouvailles, de réconciliation que j'ai fait avec moi-même. Je ne le dois à personne. Je n'ai pas eu le regard bienveillant de l'ange Gabriel ou d'un guide. Je sais que c'est très à la mode aujourd'hui : chacun a son ange, son guide, etc. Pour moi, cette idée serait insupportable.

— La notion d'ange gardien ne signifie-t-elle rien pour vous ?

Si j'adhérais à cette notion, cela me déresponsabiliserait. Puisque rien ne m'a été donné...
Je rappelle que mon premier livre, devenu un best-seller à 450'000 exemplaires, *Parle-moi, j'ai des choses à te dire*, a été refusé six fois, par six éditeurs. Je l'ai laissé pendant six mois dans un tiroir. Ce faisant, je me laissais définir : « Ils pensent que le manuscrit est mauvais, qu'il ne mérite pas d'être publié, donc ça ne vaut pas le coup d'insister. » Ensuite, je me suis recentré : « Une relation a deux bouts ; ce n'est pas parce qu'à l'autre bout ils pensent que ça ne vaut rien qu'à mon bout, chez moi, qui l'ai écrit, c'est de la merde. »

— Vous pouviez concevoir qu'un, deux, éventuellement trois, voire quatre éditeurs se trompent. Mais six !?

A leur bout, ils peuvent ne pas se tromper et avoir un point de vue semblable, mais cela ne change rien à la perception différente que je sens à mon bout. Bien sûr, au début, j'ai commencé à douter. D'où les six mois dans un tiroir. Et puis, un jour, j'ai ressorti le manuscrit. Je n'ai pas eu besoin de l'aide de Dieu ou d'un ange gardien ; il n'y a que moi qui l'ai fait. Je me suis dit, à tort ou à raison : « Moi, je trouve ça bien. » Et je l'ai auto-édité ! Il s'est vendu, un éditeur en a entendu parler et il l'a pris.
Je ne justifie pas ma non-croyance en Dieu à partir de cet exemple, je veux seulement faire entendre mon positionnement de vie qui s'appuie sur ma foi en l'Homme, même si je le crois capable des pires violences.
Je ne crois pas au hasard. Je crois qu'il y a des signes, des

situations, une ouverture qui favorisent leur rencontre, d'autres qui favorisent leur affrontement ou leur éloignement. Je crois que nous sommes partie prenante de tout ce qui nous arrive. Ce n'est pas ce qui m'arrive qui est important, mais ce que j'en fais. Et là, je retrouve pleinement toute ma liberté d'action sans dépendre de qui que ce soit.

— Vous ne croyez donc pas en Dieu, mais est-ce que vous priez ?

Non, je médite. Je ne prie pas, dans le sens où je n'invoque pas quelqu'un, où je ne fais pas appel à Dieu ou à l'un de ses représentants. Je prends par contre le temps d'écouter cette dimension de moi qui est reliée au divin qui est en moi.

— Elevé dans la tradition judéo-chrétienne, vous êtes allé à l'église !

Oui, oui, j'ai même fait ma première communion, habité par une foi sincère et naïve envers le Christ et la Vierge Marie qui étaient, chez nous, pour ma mère, des entités familières et bienfaisantes.

— Et à un moment donné vous l'avez refusé, vous vous en êtes éloigné ?

Je n'ai rien refusé ni rejeté. Cela s'est dissout, effacé.

— Enfant, avez-vous cru en Dieu ?

Ah oui ! J'ai même cru en un Dieu ambivalent, aimant et rancunier, plein de compassion et de violence. J'ai même cru en saint Antoine de Padoue !

— Les saints, c'est autre chose. Ils ont vécu, on ne peut pas mettre en doute leur existence !

Ils ont existé comme individus, pas nécessairement comme saints. Ce sont ceux qui ont récupéré leurs actions à leur profit qui en ont fait des saints.

— Alors quand a eu lieu la « rupture » ?

Quand j'étais malade, que j'étais en sanatorium, ma foi primaire s'est usée, l'idée de Dieu s'est dissoute. Quand je dis dissoute, c'est qu'elle n'a pas laissé de traces, ni de remords, ni de regrets, ni de points d'ancrage en moi. Elle a disparu.

— Pourquoi, selon vous, l'idée de Dieu s'est-elle dissoute à ce moment-là de votre vie ?

Cela ne s'est pas passé de façon aussi construite que je l'énonce. Ma croyance en Dieu s'est dissoute, parce que j'ai compris que je ne pouvais pas attendre d'aide de l'extérieur pour affronter mes difficultés d'enfant, mes difficultés physiques, morales ou psychologiques. J'ai compris que chacun était enfermé, cloisonné dans ses propres préoccupations, dans ses propres problèmes, et que cette entité qu'on me définissait comme bienfaisante, comme susceptible de vouloir mon bien et de m'aimer ne s'était jamais révélée, présentée à moi. J'étais donc bien en face d'un vide. Et moi, je ne pouvais pas rester devant ce vide. C'est toujours la même chose : une relation a deux bouts ; si j'avais estimé qu'à l'autre bout – celui auquel se serait accroché Dieu ou la main de Dieu – il y avait des réponses possibles, eh bien, cela m'aurait démotivé, déresponsabilisé ! Il fallait que je fasse à partir de mon propre bout de la relation.

— Ce vide aurait peut-être pu se combler par la suite, non ?

Oui. Ça s'appelle une révélation, un appel. C'est saint Paul, capitaine romain, sur le chemin de Damas, prêt à en découdre avec tous ces « terroristes » de l'époque (qui croyaient en l'existence d'un Messie) et qui, d'un seul coup, reçoit la révélation. Eh bien, je n'ai pas eu cette révélation ! Je n'ai pas eu cette sorte d'éveil, cette sorte d'aspiration, d'élévation, dont on m'a beaucoup parlé, dont on m'a dit qu'elle était présente en chacun.

— A ce propos, tout comme des parents doivent considérer qu'une vie sans enfant n'est pas complète, un croyant pourrait trouver la vôtre lacunaire ?

Je ne vis pas dans ce manque-là. Je n'ai pas de croyance en une entité extérieure qu'on appellerait Dieu, mais une croyance en l'Homme. Je crois que Dieu, c'est chacun de nous ! Cela dit, de la même manière que nous nous sommes coupés de notre relation à la nature, nous nous sommes coupés de la relation au divin. Nous sommes des amputés. On compte de moins en moins de croyants en Dieu et de plus en plus de croyants en des ersatz, en des pratiques magiques. Regardez le surgissement, ces vingt dernières années, de guides, d'êtres de lumière censés avoir une meilleure connaissance que nous de la vie et de ses forces !

— Vous évoquiez tout à l'heure la consommation et, notamment, l'empire de la télévision. Quelle place occupe le petit écran dans votre quotidien ?

C'est très variable. Je peux passer des jours sans la regarder comme je peux passer des jours en restant scotché devant, de huit heures du soir à deux heures du matin, face à une succession de films. Je n'ai que cinq chaînes, mais je regarde tout. Ça peut être un reportage, un témoignage. Et j'adore aussi les films d'action.

— Donc aucune dépendance en ce qui concerne la télévision. Dépendance alors envers autre chose ou quelqu'un ?

Non. Ça ne fait pas partie de ma personnalité. Le possible d'une dépendance ne me paraît pas envisageable.

— N'avez-vous jamais été dépendant dans votre vie ?

Au début de ma vie amoureuse, oui. J'ai été dépendant de ce que je croyais être l'amour que l'autre devait me donner. J'étais dépendant de la croyance que si l'autre m'aimait, il devait entendre mes demandes sans que je les fasse ! Aujourd'hui, je ne bois pas d'alcool – juste un verre de vin de temps en temps –, je ne fume pas, je ne suis pas un accro de la pornographie, ni de quoi que ce soit qui guiderait ma vie hors des quelques règles d'hygiène relationnelle auxquelles j'adhère sans réticence aucune.

— Vous n'avez jamais fumé ?

Si, à dix-sept, dix-huit ans, quelques cigarettes, mais ça n'a pas duré. Je ne me vois pas comme étant dépendant. Ça serait insupportable pour moi. Ça ne fait pas partie des valeurs de l'homme que je suis aujourd'hui. Je ne me supporterais pas.

— Vous ne buvez pas, ne fumez pas, mais vous avez expérimenté une quantité de choses, vous êtes curieux, vous êtes allé dans un ashram. Plus jeune, vous n'avez jamais touché à un joint ?

Non. Je peux vous le jurer. Cela m'interroge d'ailleurs vraiment. J'ai l'impression que je suis passé à côté. Personne ne m'a jamais proposé ce type d'expérience. C'est curieux !

— Aujourd'hui, si quelqu'un vous la proposait ?

Je ne la prendrais pas. Je n'ai ni curiosité ni envie dans ce domaine.

— Mais vous venez de dire que ça vous interroge !

Oui, le fait que je sois passé à côté d'une stimulation possible, alors que je dois bien fréquenter des gens qui fument un pétard ici ou là ! Dans ma mythologie, je n'ai pas besoin d'avoir recours à ce type d'expérience. Si je veux basculer dans des états modifiés de conscience, je me mets à respirer d'une certaine façon et je peux avoir accès à d'autres dimensions de moi-même et vivre des choses qui me transportent au-delà de mes perceptions habituelles.

— Revenons aux médias ! Bien des gens avouent ne plus suivre les informations à la radio ou à la télévision, afin de ne pas se laisser « charger négativement ». Qu'en pensez-vous ?

Cette démarche part d'une bonne intention, car il est vrai que le contenu actuel de la télévision est assez toxique, assez négatif, et qu'écouter ou regarder des informations envahies par les tortures, les violences, les guerres, les injustices qui se passent dans le vaste monde a quelque chose d'« énergétivore » qui nous pollue. L'autre aspect du problème, c'est que la télévision est un tiers qui devient une sorte de partenaire à part entière de notre existence. On a fait entrer un tiers étranger dans notre intimité. Elle est aussi un outil de formation formidable, à mon avis mal utilisé, de plus en plus mal utilisé. Il ne reste parfois, c'est vrai, qu'à prendre un peu de recul, qu'à trouver la bonne distance, oser choisir le bon canal, mais je ne crois pas qu'il faille s'en priver.

— Quelle est votre position ?

Elle est à la fois passionnée et critique. J'écoute les informations de façon à me tenir au courant. J'enseigne que c'est celui qui reçoit le message qui lui donne un sens ; je suis donc responsable de ce que je fais, moi, du message que je reçois. C'est à chacun de nous de trouver la bonne distance.

— Comment faites-vous personnellement ?

Je ne prends pas sur moi ce qui ne m'appartient pas. Je ne confonds pas la personne et le comportement. Une femme me dit : « J'ai été violée quand j'avais trois ans. » Ça peut paraître horrible, monstrueux, qu'une petite fille de trois ans ait pu être violée, mais je ne prends pas sur moi l'impact négatif de cette information. C'est arrivé à cette femme, c'est son histoire à elle. J'en deviens le témoin tardif et indirect, je ne peux que proposer mon écoute et mes outils. La question est : « Qu'est-ce qu'elle fait de ce qui lui est arrivé ? Osera-t-elle symboliser la violence reçue et la restituer ainsi à son agresseur ? Osera-t-elle prendre en charge la petite fille blessée qui est en elle ? Osera-t-elle mettre des mots, là où son silence l'a enfermée durant des années ? Impliquer ses parents ? » Tout cela relève de sa responsabilité. Il m'arrive souvent de dire, assez brutalement parfois même : « Vos problèmes ne m'intéressent pas ; ce qui m'intéresse, c'est vous et votre capacité à faire – vous – quelque chose pour votre problème. » Beaucoup de gens ont tendance à s'abriter derrière leurs difficultés et même à les déposer sur vous en pensant en être soulagé, ce qui est une illusion.

— Cela renvoie à l'individu, mais en regard des informations au niveau mondial, ne pas prendre sur vous n'est-ce pas faire preuve d'indifférence ?

Je ne me sens pas indifférent ; j'ai parfois même le sentiment d'être dans un état d'indignation permanent. J'ai souvent de la compassion, mais je ne prends pas la tristesse de l'autre sur moi. Cela dit, j'entends bien qu'il est triste et que ce n'est donc pas le moment de lui parler d'autre chose.
Parmi nos besoins fondamentaux, il y a celui de se dire et d'être entendu. D'être entendu dans le registre où je parle. Si ma femme me dit : « Je suis en colère, mon chef de service m'a encore tripoté les fesses » et que je lui réplique : « Oh, il a soixante-trois ans, dans deux ans il sera à la retraite ! », elle pourrait me répondre : « Attends ! Je ne suis pas en train de te parler de mon chef de service, mais de moi, de mon humiliation, de ma blessure, de mon désarroi d'être obligée de travailler dans un milieu où on me tripote les fesses. Voilà ce que je veux que tu entendes ; je ne veux pas que tu tentes de me rassurer en me disant qu'il a soixante-trois ans et qu'il prendra sa retraite dans deux ans. » En revanche, si j'écoute ma femme, je lui dis : « J'entends que tu es en colère, humiliée, blessée... » Mais je ne prends pas le problème de ma femme sur moi en lui disant : « Je vais aller le voir, lui casser la gueule, etc. » Encore une fois, je ne

prends pas le problème de l'autre sur moi, mais j'entends bien qu'il le vit comme cela. J'entends bien, oui, qu'au Pérou les inondations ont fait 200'000 sans-abri. Et je peux imaginer qu'il y a des villages engloutis sous les décombres, un certain nombre de milliers de morts dont on n'a pas encore évalué le chiffre. Je peux participer au soulagement de ces gens si j'ai suffisamment confiance dans l'organisme caritatif qui me donne l'information pour déposer un don.

— Mais comment vivez-vous tous ces malheurs, toutes ces catastrophes, toutes ces guerres ? Avec empathie ou distance ?

Avec une indignation qui se traduit souvent par une mise en acte. Je veux dire par là que si je n'ai pas une prise directe sur ce qui est arrivé, je vais m'investir dans une action de proximité sur laquelle je peux constater l'impact de mon engagement. Vis-à-vis de la télévision, je ne me pollue pas avec tout ce que je vois, parce que je sais que ce serait trop cher payer. Pour reprendre le même exemple, j'entends qu'au Pérou il y a 200'000 sans-abri. Si j'ai envie de faire quelque chose, je cotiserai à Handicap International, par exemple, qui offrira des secours, des prothèses aux victimes. C'est l'engagement que je peux prendre, mais sur un autre plan, je ne veux pas me transformer en éponge, absorber tout ce qui vient du monde et des autres en me l'appropriant. Je ne m'approprie pas le malheur des autres, je lutte seulement pour qu'il y en ait moins autour de moi.

— Comment expliquez-vous qu'en ce qui concerne l'autre, justement, l'être humain s'intéresse plus volontiers à ses malheurs, à ses problèmes, qu'à son bonheur, qu'à ses réussites ? Les médias diffusent plutôt de mauvaises nouvelles que de bonnes !

Parce qu'un événement douloureux, violent, réveille les blessures et les situations inachevées de notre enfance. Dans un magasin, quand une mère secoue durement son petit enfant parce qu'il touche à tout, elle remet au jour toutes les incompréhensions dont j'ai été victime. Mais quand une jeune fille me sourit dans le train, elle ne sait pas qu'elle met un baume sur une de mes blessures de mon histoire, en l'occurrence celle de ne pas avoir été reconnu. Je me suis vécu comme très laid pendant des années, je me trouvais très moche, je rasais les murs. Pas seulement au sens figuré, mais au sens physique : je marchais du côté de mon handicap, la hanche droite contre les murs. Quand je remontais la rue, je changeais de trottoir pour avoir toujours la hanche contre le mur. Mais tel autre qui dira : « Espèce d'idiot, tu ne comprends rien », ne sait pas qu'il remet au jour une partie de notre passé. Voilà ce qui explique notre intérêt pour les informations violentes, négatives, pour tout ce qui tourne autour de la souffrance, de la douleur, du mal-être : notre histoire passée est réveillée, réactivée. Et devant notre poste de télévision, nous pensons : « Nous n'avons quand même pas vécu des choses aussi dures, aussi violentes. »

— Cela signifierait-il que nous avons inconsciemment envie de réactiver l'histoire passée ?

Notre passé se réactualise en permanence au présent. Il faut se rappeler, comme disait ma grand-mère, qu'un seul jour de guerre laisse plus de traces dans le paysage que trente jours ou deux ans de paix. Je n'ai pas d'autre explication que cela : ce genre d'informations violentes, négatives, fait remonter à la surface des situations inachevées ; et notre aspiration inconsciente, c'est de les achever. Je vais prendre un autre exemple. Vous voyagez dans le train et quelqu'un vient s'asseoir sur la banquette en face de vous. Il n'a pas ouvert la bouche, il ne vous a peut-être même pas encore vu et vous commencez à avoir des sentiments négatifs à son égard, à avoir envie qu'il quitte le wagon ; pour un peu vous chercheriez même à ouvrir un conflit. Vous ne savez pas – ni lui – qu'il vous rappelle peut-être l'instituteur du cours élémentaire de première qui vous a « sadisé » pendant une année scolaire entière. Mais l'inverse et vrai aussi. Qu'est-ce qui fait que vous êtes attiré spontanément, que vous avez envie de sourire et d'être bien avec cette personne ou ce nouveau collègue, même quand il dit des bêtises et que vous ne le suivez pas ? Vous ne savez pas qu'il vous rappelle – par le dessin de sa bouche, par la forme de ses yeux, un plissement de front – quelqu'un qui vous a fait du bien dans votre histoire, l'instituteur qui vous a valorisé, qui a fait que cette année-là vous avez grimpé de dix places au classement. Cela m'est arrivé : j'ai été cancre durant toute ma scolarité, mais une année il y a eu une remplaçante trois mois... pendant lesquels j'ai été premier. Après, j'ai repris ma place de dernier.

— Comment se fait-il que ces mémoires soient si ancrées, si présentes ?

Parce que le corps n'oublie pas. Il se souvient, garde la trace du moindre événement qui nous est arrivé. La mémoire de notre corps est immense ; de plus, elle recèle une partie de la mémoire de l'humanité entière.

— Qu'est-ce qui vous permet de l'affirmer ?

L'expérience. En rebirth, par exemple, une femme se met soudain à crier : « Pas le masque ! Pas le masque ! Je ne supporte pas l'éther ! » Huit jours plus tard, elle interrogera sa mère et découvrira ce que cette dernière ne lui avait jamais dit : qu'à l'accouchement, lors de la dernière phase, on lui avait mis un masque à éther pour soulager sa souffrance. Le bébé avait engrangé cette violence, ainsi que son odeur !

— Vous venez d'avouer avoir longtemps rasé les murs, plus jeune, pour tenter de masquer un boitement. Comment cohabitez-vous aujourd'hui avec votre corps physique ?

J'ai soixante-sept ans et j'ai le sentiment de n'avoir jamais été aussi jeune. J'ai l'impression qu'autour de mes quarante ans, je me suis réconcilié avec mon corps. J'ai découvert alors ce qui me paraît aujourd'hui une évidence : que la personne avec laquelle je passais l'essentiel de ma vie, c'était mon corps ; que le compagnon qui m'est le plus fidèle, même si je l'ai maltraité, même si je l'ai ignoré, même si j'ai abusé de lui à certains moments, c'est mon corps. J'ai donc appris à l'écouter, à dialoguer avec lui. J'enseigne que lorsqu'il y a le silence des mots se réveille la violence des maux ; pour moi, les maladies sont des langages métaphoriques, symboliques, avec lesquels nous tentons de crier – et de cacher – l'indicible. C'est pour ça qu'il est difficile d'accéder au sens d'une maladie, puisqu'il est double et paradoxal. Une maladie dévoile et cache, en même temps, une part de l'indicible ou de l'insupportable qui nous habite.

— Permettez-moi d'insister. Comment vivez-vous avec votre corps ?

Actuellement, j'ai l'impression de cohabiter avec lui en bonne entente physique, dans le sens où je suis attentif aux signaux qu'il m'envoie. Mais il vieillit, il me donne des signes de faiblesse, de vulnérabilité, de fatigue...

— Cette attention se concrétise-t-elle par un mode de vie différent ?

Sur le plan alimentaire, par exemple, je suis devenu végétarien. Ce n'est pas une décision que j'ai prise, mais je découvre qu'en vingt, ans je le suis devenu. Je suis végétarien-poisson et je consomme plutôt du poisson cru. Je mange beaucoup de légumes, pas de desserts ni de sucres. Je bois très peu d'alcool, un verre de vin par-ci par-là. Je ne bois pas beaucoup de café ; je prends plutôt du thé – je ne sais pas d'ailleurs si c'est meilleur ou moins bon. J'ai, comme ça, une sorte d'hygiène, et même de rigueur, que je respecte. Sur le plan des activités, puisque je travaille chez moi, sans contraintes ni horaires, je me suis donné des balises, des repères. Avant le petit-déjeuner, je fais un peu de méditation respiratoire ; ensuite je vais marcher, puis je déjeune. Plus tard, je prends du thé vers dix heures, dix heures et demie. Je mange très simplement à midi, reprends du thé dans l'après-midi. Je me couche relativement tard, vers minuit, une heure du matin. Je m'endors d'un seul coup, je plonge dans le sommeil... et me réveille le lendemain vers cinq heures et demie, cinq heures, même. Je n'ai pas d'insomnie. Je cultive, dans la journée, des micro-sommeils : après le repas, par exemple, je prends une minute ou deux d'abandon, de silence, de paix.

— Si peu ?

Pas plus. C'est très court. Dans un micro-sommeil, je tombe comme dans un puits. Ça repose énormément. J'espère qu'un jour on développera cela. On va peut-être se passer de dormir. Je trouve qu'on dort trop, qu'il y a un gaspillage de vie dans le sommeil (en dehors de la nécessité de rêver). Mais je sens bien que je dis une hérésie.

— Pratiquez-vous un sport ?

Je joue un peu au tennis. J'ai fait longtemps du ski et de la voile, mais depuis que je me suis fait poser une prothèse, je ne prends pas le risque d'une désarticulation. Quand j'avais l'articulation soudée au bassin, je faisais du ski, parce que c'était très solide. Non, je ne pratique pas de sport proprement dit, mais je travaille beaucoup sur la respiration.

— Qu'est-ce que cela vous apporte ?

La respiration est un « nourrissement » de tout l'espace interne, une ré-énergétisation du corps. Je crois beaucoup au concept d'énergie – négative ou positive – qu'on peut recevoir de l'environnement. Mais je crois aussi qu'en tant qu'êtres humains nous sommes des sortes d'antennes vivantes qui captent, d'une certaine façon, les énergies telluriques et les énergies cosmiques auxquelles nous pouvons nous relier. J'ai fait un petit travail, à un moment donné, sur la transe, et je sais ce que c'est que de passer dans une autre dimension. Bon, ça n'a pas changé ma vie, je suis toujours le même homme, avec les mêmes difficultés, les mêmes aveuglements, les mêmes enthousiasmes, mais je sais qu'existe cette possibilité d'univers parallèle, où les valeurs ne s'articulent plus en termes de faire ou d'être, mais en termes d'énergies, de vibrations, de lumières.

— Selon vous, l'Homme est une antenne vivante qui capte des ondes. En diffuse-t-il aussi ?

Par rapport à mon expérience, je le crois. Je le sens bien : il y a des jours où je suis « énergétivore », je bouffe l'énergie des autres. On le dit dans le langage populaire : « Il me pompe l'air. » Et il y a d'autres jours, je le sens bien aussi, je suis plus « énergétigène » ; j'engendre de l'énergie – non seulement pour moi, mais pour autrui et mon environnement.

— Revenons à votre régime alimentaire. Certains prétendent que nous sommes ce que nous mangeons. Vous sentez-vous différent depuis que vous êtes végétarien ?

Pour moi, ce n'est pas mesurable. Je ne me sens ni plus doux ni plus serein parce que je ne mange plus de viande. Le changement qui a été à l'œuvre chez moi durant les trente dernières années est fait d'une foultitude d'expériences de vie. Y compris sur le plan de la sexualité. Je ne fais pas l'amour aujourd'hui comme je le faisais à vingt ans. Je n'ai pas les mêmes attentions, les mêmes résonances. A ce propos, j'aimerais démystifier quelque chose : beaucoup d'hommes et de femmes pensent que quand un homme a éjaculé, ça signifie qu'il a eu un orgasme. C'est très différent. Beaucoup d'hommes éjaculent et n'ont cependant jamais eu d'orgasme. L'éjaculation est une décharge de tensions qui produit un bien-être, mais qui ne permet pas nécessairement d'accéder à l'orgasme, c'est-à-dire à une implosion, à une circulation du plaisir à l'intérieur de tout le corps. Un de mes amis m'a dit avoir découvert l'orgasme à quarante-deux ans :

« Jusque-là, je n'ai fait l'amour qu'avec le bout de mon sexe, avant de découvrir que ça se passait aussi dans le dos, dans la tête, dans les oreilles, au bout des doigts. » C'est un peu la même chose pour moi. J'ai découvert le plaisir tard. Vous m'auriez interrogé auparavant, je vous aurais répondu ne pas avoir de problèmes sexuels, que tout baigne dans l'huile, que c'est satisfaisant pour moi comme pour l'autre. Je n'avais pas de questionnements, d'interrogations inquiètes. Je faisais l'amour. Pas de problème. Mais alors, le jour où j'ai découvert l'orgasme, à vingt-sept ans seulement (bien que j'aie commencé ma vie sexuelle entre seize et dix-sept ans), j'ai découvert toute la différence, toute l'ampleur, toute la puissance d'un tel abandon ! J'ai mis dix ans pour accéder à un plaisir qui ne soit pas uniquement génital, mais qui m'emporte dans la totalité des sens, qui envoie dans les étoiles.

— Pour lier ce thème à celui du corps, précédemment abordé : vous êtes ce qu'on peut appeler « un bel homme ». Pensez-vous que cela vous a aidé ?

Non, je ne me sens pas un bel homme et je suis toujours étonné quand on me trouve beau, parce que je me suis vécu pendant longtemps comme très moche, très honteux de mon gros nez, de mes yeux trop petits, de mon front trop bas. Tout cela est fantasmatique, je le sais aujourd'hui, mais ça ne change rien au vécu, au ressenti de ma petite taille, de mon teint mat, de mes lèvres lippues.
Cette image intérieurement dévalorisée de moi a beaucoup diminué. Je ne me vis plus comme trop moche. Cela dit, je ne me vis pas encore comme beau pour autant. J'ai fait un grand pas, mais je ressens encore comme un haut le cœur – un haut le corps, même – quand quelqu'un me dit : « Je vous trouve beau. »

Vous savez, on vient tous du pays de son enfance. J'aurais même envie de dire « de ses enfances », puisqu'on en a plusieurs. Moi, quand j'entendais ma mère dire : « Oh ! C'est un bel homme ! », qu'est-ce que je voyais ? Un monsieur assez raide, grand, costume trois pièces, constipé comme c'est pas possible, un peu corpulent. C'était ça un bel homme pour ma mère ! Il y avait un univers entre cette image et moi. Ça paraît puéril, mais je suis encore marqué par ces références. On pourrait me dire : « Allez... !

Maintenant vous avez plus de lucidité, de clairvoyance ; arrêtez de faire le faux modeste ! » Mais pas du tout ! L'image de nous-mêmes inscrite dans l'enfance reste très longtemps. C'est ce que les psychologues, les éthologues appellent l'imprégnation. C'est l'oie qui, une fois sortie de l'œuf, suit la première personne qu'elle voit comme étant l'être référentiel de son histoire.

— Restons dans le domaine de l'aspect physique ! Il est convenu de décréter que l'extérieur est le miroir de l'intérieur. Quelle est votre opinion ?

C'est peut-être vrai, mais j'aurais envie de le moduler différemment. Je crois que l'extérieur est surtout le reflet des conflits – ou des non-conflits – intérieurs. A ce sujet, je pense que les plus violents ne sont pas les conflits interpersonnels, ceux que nous avons avec autrui, mais les conflits intrapersonnels, ceux que nous avons à l'intérieur de nous. Nous sommes des êtres chaotiques, tiraillés par des désirs multiples et parfois contradictoires.

— Par exemple ?

En même temps je veux et je ne veux pas. Tel voudrait se marier, se stabiliser, se fixer, comme on dit, mais a peur de perdre sa liberté, donc il poursuit une relation de compagnonnage. Tel autre voudrait avoir un enfant, mais a peur qu'il prenne trop de place ou que sa femme se transforme en mère, etc. J'aime la solitude et je me laisse capter par les sollicitations de ceux qui cherchent à me rencontrer.

— A propos de la famille... Vous n'avez pas connu vos grands-mères et pourtant vous répétez souvent : « Comme disait ma grand-mère... » Pourquoi avoir inventé cette aïeule, par mystification ?

J'ai inventé une grand-mère pour réparer et non pour mystifier qui que ce soit. Dans ma famille, il n'y a pas eu de secret, du moins sur ce plan-là. Quand j'étais enfant, ma mère ne m'a jamais caché que je n'étais pas le fils de l'homme qui vivait avec elle. Qu'enfant de parents inconnus, elle venait de l'assistance publique et qu'elle m'avait conçu avec un garçon de quinze ans qui avait disparu. Je l'ai toujours su. Et moi, j'avais rêvé que le plus beau cadeau que je pouvais faire à ma mère, c'était de lui offrir une mère. Ainsi, j'avais pensé que je retrouverais un jour sa mère. J'ai d'ailleurs fait des démarches en ce sens. Bien que cela fût interdit à l'époque, mais grâce à un ami qui était à la direction de l'assistance publique, j'ai obtenu son dossier. Sept pages ! Ce n'était pas beaucoup pour une vie jusqu'à vingt et un ans – puisqu'on gardait les pupilles jusqu'à cet âge. J'ai aussi réussi à retrouver la sage-femme qui l'a fait naître. Elle n'a pu me dire que deux choses au sujet de la génitrice de ma mère : qu'elle avait l'accent pointu – ce qui, à Toulouse, voulait dire qu'elle venait probablement de Paris – et qu'elle avait du beau linge. J'ai donc cette image de quelqu'un qui venait du Nord, de Paris ou d'ailleurs, et qui était d'un certain milieu. Mais je ne l'ai jamais retrouvée. En parallèle à cela, ma mère avait aussi bâti un roman. Etant née le 20 décembre 1915, elle avait calculé que sa conception remontait au printemps, que la Guerre était déjà engagée depuis près d'un an. Alors, sa mère était-elle une fille de bonne famille qui avait un fiancé au front ? Une femme mariée qui avait un amant ? Bref, elle était certainement une femme coincée qui ne pouvait pas faire un enfant dans le dos à sa famille, à son mari ou à son amant. Et qui, de ce fait, était venue accoucher clandestinement à Toulouse. Ma mère – qui n'a jamais accusé sa génitrice – avait la croyance que cette femme n'avait pas pu faire autrement et qu'un jour, sa situation s'améliorant, elle la rechercherait. Pour cela, et comme le patronyme Salomé n'existait pour ainsi dire pas à l'époque (c'est cette femme inconnue qui a demandé à la sage-femme chargée de déposer à l'assistance publique ce petit bébé d'un jour, qui deviendra ma mère, de l'appeler Marie-Louise Salomé), elle a choisi de ne pas se marier avec son compagnon, mon beau-père, afin de ne pas perdre son nom. Et puis, un jour, après avoir tenu bon pendant quarante ans, elle a décidé de l'épouser. Là, j'ai compris qu'elle avait ressenti que sa génitrice était morte et qu'elle n'avait plus d'espoir de la retrouver. Cela est fantasmatique, mais je suis persuadé que tout s'est passé comme ça. Et donc moi, qui n'ai pas pu retrouver cette femme, ma grand-mère réelle, j'ai fait cadeau à ma mère d'une mère imaginaire : « Comme disait ma grand-mère... » Je ne le ressens donc pas du tout comme une mystification, mais au contraire comme la pleine et belle utilisation du symbolisme (quand une situation est bloquée au niveau de la réalité, on peut la débloquer au niveau symbolique). Et ma mère qui savait à peine lire, mais qui lisait mes livres, ne s'y est pas trompée. Dans deux ou trois ouvrages, je ne parle pas de ma grand-mère. Eh bien, elle me l'a fait remarquer avec un sourire de connivence : « Tu n'as pas parlé de ta grand-mère ! » C'était ma façon à moi de faire cadeau d'une mère à cette femme. Je pense que c'était le plus beau...

L'émotion l'empêche de continuer.
Les larmes coulent... longtemps.
La gorge nouée, très lentement, il poursuit.

... Je ne pouvais pas lui faire de plus beau cadeau. Je crois que cette invention a été bien reçue. Elle l'a bien accueillie. Ça n'a pas réparé ses souffrances, ça n'a pas réparé ses blessures, mais ce fut pour elle comme un ancrage. Par la suite, d'ailleurs, ça m'a interrogé aussi, quand, à l'âge de cinquante ans, j'ai retrouvé mon géniteur, Pierre Lauret, avec qui j'ai eu une relation très positive, et dont j'ai rencontré la mère, Elise, mon autre grand-mère. De son côté à elle, ils venaient de tailleurs de pierres italiens de la région de Gênes. Ils s'appelaient Ganini et faisaient les chantiers des grandes cathédrales d'Europe, restant vingt ans sur la restauration d'une d'elles (Chartres, Reims, Cologne...). Ensuite, montant dans l'échelle sociale, ils sont devenus sculpteurs, et le dernier, le père de ma grand-mère, professeur aux Beaux-Arts de Toulouse. Du côté de mon grand-père paternel, ils étaient Compagnons du devoir et travaillaient le bois.

— Vous avez donc connu une de vos deux grands-mères de sang !

Oui, et je regrette de ne l'avoir rencontrée que deux ou trois fois, car j'avais des sentiments négatifs à son égard ; je ne l'aimais pas beaucoup. C'est elle, en effet, qui avait repris – quasi enlevé – son fils afin qu'il ne continue pas sa relation avec ma mère.

— Lorsque vous avez rencontré Pierre, votre géniteur, vous étiez déjà connu...

Jusqu'à ce que je me manifeste à lui, il n'avait fait aucune association. Ce fut une véritable découverte pour lui. Il connaissait à peine mon existence, puisqu'il n'avait posé qu'un seul regard sur moi, à la maternité, où il était venu en cachette, après avoir fugué... en culottes courtes ! Je n'ai donc pas fait partie de sa vie, bien que, l'inconscient jouant, le premier enfant qu'il a eu – et il en a eu cinq, comme moi ! –, il l'a appelé Jacques !

— Sans savoir que vous vous prénommiez ainsi ?

Je crois, sans savoir. Quand je lui en ai parlé, il m'a répondu qu'il ne s'en souvenait pas, mais que c'était un prénom qui lui plaisait.

— Il n'y a probablement pas de hasard...

Il n'y a jamais de hasard, seulement des signes. Mais lui, il a « réparé ». Parce que cet homme qui n'avait pas pu reconnaître son premier enfant en a reconnu quatre qui n'étaient pas de lui. Il me l'a raconté. Sa première relation, c'était avec une fille-mère qui avait deux enfants non reconnus et à qui il a donné son nom. Elle meurt et il se retrouve avec deux enfants sur les bras. La deuxième femme qu'il rencontre a également deux enfants non reconnus à qui il donne aussi son nom ! Il se retrouve « père » de quatre enfants ; ensuite, il en fera plus directement cinq !

VI

« Première fois », paternité et courage.

« J'étais prêt à me jeter sur un flic. »

— Quelles exigences ou limites avez-vous introduit dans votre quotidien ?

Je ne veux plus me laisser définir par quelqu'un d'autre.

— Qu'est-ce que cela signifie ?

Que quelqu'un me dicte ce que je dois faire quand je n'ai pas envie de le faire, quand cela ne correspond pas à mes propres choix ; si l'autre veut m'entraîner dans ses croyances, ses désirs, ses peurs ou ses projets quand je ne le rejoins pas. J'ai aussi une exigence d'engagement. Quand j'ai dit que je ferai quelque chose, je le fais. Je peux aussi me désengager – j'ai divorcé –, mais en prenant sur moi : « Je ne te quitte pas à cause de toi, je te quitte à cause de moi. L'homme que je suis aujourd'hui ne serait plus fidèle à lui-même s'il restait dans cette relation. » Une de mes valeurs-clés : me respecter, rester fidèle à mon ressenti.

En ce qui concerne les exigences, j'ai aussi besoin d'un corps en état de marche. Puisqu'on a parlé du suicide... Je sais que si mon corps me lâche, je mettrai fin à mes jours. Je ne veux pas de harcèlement médical ou d'assistanat. Je ne me vois pas en petite chaise, avec ma bien-aimée qui me fait manger mon yaourt. Je dis ça aujourd'hui ; peut-être que si

cela arrivait, je la réclamerais avec insistance, m'accrochant à la vie comme à une bouée. Mais pour l'existence que je mène, pour la relation que j'établis avec le monde extérieur, j'ai besoin d'un corps en santé. Donc, si mon corps me lâche ou si j'ai un Alzheimer et que je perds la mémoire, je prendrai la décision d'arrêter, car je peux déjà le dire maintenant : j'ai eu une belle vie. Une vie pleine de rebondissements, pleine de péripéties, de découvertes, de difficultés, mais avec beaucoup beaucoup de moments heureux, de moments incroyablement stimulants, de situations étonnantes.
Les exigences que je peux avoir ne peuvent se poser que sur moi. Je n'ai pas d'exigence vis-à-vis des autres. Les autres sont ce qu'ils ont envie d'être. C'est à moi de collaborer ou non.
J'ai encore une autre exigence, pour laquelle je vais utiliser un terme de Carl Rogers, qui a été un de mes premiers maîtres : une exigence de congruence, c'est-à-dire d'accord entre ce que je ressens et ce que je dis, entre ce que j'éprouve et ce que je fais, entre ce que je suis et ce que je montre. Je ne vais pas essayer de sourire si ça ne va pas ; je ne vais pas essayer de vous laisser croire que vous êtes un type formidable si je ne vous ressens pas comme tel. Même si je me trompe. J'ai besoin d'être en accord avec moi-même. Ces quelques règles me paraissent être des exigences structurantes dans ma vie d'homme. Il y en a peut-être d'autres que je n'ai pas en mémoire pour l'instant...

— Pensez-vous que chacun, sur cette terre, a une mission à accomplir ?

Je ne dirais pas une mission, parce que cela supposerait que ça vient de l'extérieur. Pour reprendre votre phrase, je crois plutôt que pour la plupart, nous nous donnons une mission. Et souvent une mission de réparation, de restauration.

— La plupart seulement ?

Oui, parce que d'autres se la laissent imposer. On s'aperçoit, par exemple, dans certains villages, que dans quelques familles il y a toujours une fille qui ne se mariera jamais, qui se dévouera, qui sera « le bâton de vieillesse » du père, comme on dit. On entend : « Tu me remplaceras quand je ne serai plus là, je compte sur toi ! », « Oh, toi ! Avec le mauvais caractère que tu as, tu vas encore te dénicher un homme qui te matera. » Voilà des injonctions de missions qui sont en général déposées par les parents ou les grands-parents.

— Cela est peut-être encore vrai dans un certain contexte rural, mais qu'en est-il en milieu urbain ?

Il y a aussi des missions, même si elles sont plus cachées. Par exemple : « Tu ne dois pas me faire de la peine », avec pour arrière-contenu accusateur ou culpabilisant : « Tu comprends, avant toi j'ai perdu un enfant ; j'ai trop souffert. Bon, je t'ai eu, mais tu ne le remplaceras jamais tout à fait. » Même si cela n'est pas dit aussi brutalement, le message passe. Ainsi, « tu ne dois pas me faire de la peine » signifie que vous allez devoir censurer toute la joie, toute la « vivance » que vous avez dans votre corps, et vous devenez un type sinistre, constipé, d'une tristesse infinie, qui n'ose pas rire aux éclats, qui n'ose pas être heureux.
Question à certains : A qui feriez-vous de la peine si vous acceptiez d'être heureux ?

— Voilà pour les missions imposées, mais vous faites partie des gens qui ont choisi la leur. Laquelle, en l'occurrence ?

Ce fut, je le crois profondément aujourd'hui, celle de réparer les blessures cachées de ma mère. Au début de ma vie d'adulte, ce fut une mission inconsciente. Personne ne me l'avait donnée ou imposée.

— Vous l'avez même étendue au-delà du cadre familial !

Oui, et c'est tout le sens de mon engagement de vie, de mon travail de formateur en relations humaines : réconcilier les gens avec leur histoire, avec leur enfance ; leur permettre de ne pas passer à côté de leur vie. Mais cela s'applique aussi aux femmes que j'ai rencontrées, que j'ai aimées, aux lecteurs de mes articles ou de mes livres. Le courrier que je reçois en témoigne abondamment.

— Vous avez consacré votre vie à aider les gens à se réconcilier avec leur histoire. Qui vous a aidé à le faire avec la vôtre ? Vous-même, exclusivement ?

Ce sont, je dois le reconnaître, tous les cheminements thérapeutiques que j'ai suivis et que j'ai déjà cités. Oui, j'ai été accompagné par un certain nombre de démarches thérapeutiques que j'appellerais démarches d'éveil et de conscientisation. Et puis, également, des démarches liées à une sensibilité artistique que j'ai tenté de développer. Je crois, en effet, que la rencontre avec l'art m'a aussi permis – dans une certaine mesure – de me réconcilier avec moi-même. Dans un premier temps, donc, le nettoyage de la « tuyauterie relationnelle », faire de la place en moi. Car comme disait ma grand-mère : « Il est difficile de remplir une bouteille déjà pleine. » Puis la découverte de l'écriture – poétique, notamment, qui m'a permis d'envoyer des messages à mon inconscient – m'a aidé à m'unifier, à me réunifier, alors que j'étais assez « éclaté » et en difficulté d'être. Et encore la rencontre avec la musique (Bach, Mozart, l'opéra italien...), avec la peinture, la sculpture...

— Si je vous dis, sans autre précision : « La première fois... » ?

Pour moi, la première fois, c'est la première fois où j'ai fait l'amour. La femme a toujours été pour moi un être magique. J'ai une acceptation, un amour inconditionnels pour les femmes. J'aime les femmes ; je trouve que ce sont des êtres exceptionnels, tellement différents de moi. Ah, le mystère du sexe féminin ! Je me souviens que n'ayant pas eu de sœur ni trop de filles dans mon entourage, j'ai demandé à une petite camarade, à l'école maternelle, de me montrer ce qu'elle avait sous sa jupe. Baissant sa culotte, elle l'a fait sans aucune hésitation. Je me penche et lui lance : « Oh ! Mais tu n'as rien ! » Et là, j'ai vu ses lèvres trembler, puis une larme... Une seule larme a coulé lentement le long de sa joue. Nous étions là, les deux, tout interdits. Et puis elle s'est enfuie.

— Une blessure de l'enfance, pour elle !

Oui, certainement une violence que je lui ai faite ce jour-là et qu'elle pourrait me rendre maintenant. J'en parle d'ailleurs souvent en public, parce que j'aimerais que cette femme – qui doit être septuagénaire aujourd'hui – se manifeste et me dise : « Je vous rends la violence que vous m'avez faite. » C'est vrai que personne ne m'avait dit que le sexe féminin était à l'intérieur.

— Et votre premier amour... Vous l'avez revue ?

Oui, je l'ai revue il y a quelques années. Elle est venue vers moi après une conférence et s'est présentée. Elle est française et habite à Genève. Nous nous sommes embrassés, émus l'un et l'autre du lien qui nous avait relié et qui n'était plus.

— Qu'avez-vous ressenti ?

Deux sentiments opposés : un éblouissement, une vague de chaleur, de bienveillance, de gratitude, mais aussi une déception, parce qu'elle avait pris du poids, avait un corps un peu maltraité. Elle ne correspondait plus à la jeune fille de ma jeunesse. Je voulais la voir avec mes yeux de dix-sept ans, je l'avais gardée vivante en moi avec ce regard-là. Mais depuis, j'ai dépassé ma déception.

— Toujours sur le thème de la première fois : pouvez-vous nous parler de la première fois que vous avez été papa ?

D'abord, avant d'être papa, j'ai été un géniteur, quand j'ai découvert que ma femme était enceinte. Je ne l'ai pas très bien vécu. Cet événement venait trop tôt, je ne me sentais pas prêt.

— Quel âge aviez-vous ?

Vingt-trois ans et demi, j'étais en pleine mutation, en recherche de moi-même ; j'avais quitté la psychologie et l'éducation spécialisée pour devenir sculpteur et potier. A cette époque, j'étais un barbare. Ce n'est pas l'enfant que je n'acceptais pas, mais le fait que ma femme soit enceinte. Pour moi, de façon très égoïste, ce fut une intrusion qui dérangeait nos relations sexuelles, le confort de notre intimité, l'image du couple que j'avais à cette époque. C'est vrai que j'ai été émerveillé, même si je n'ai pas assisté à la naissance – on n'en avait pas le droit, à l'époque. Mais pendant six mois, je n'ai été ni un papa ni un père ; je me sentais exclu. Au bout de six mois – je m'en souviens bien, ma femme, institutrice, ayant repris son travail –, je devais emmener notre bébé chez une nourrice, ce qui me demandait – aller et retour – près de six kilomètres à pied dans la forêt. Pour ce faire, je m'étais bricolé une poche kangourou, d'où la petite me regardait – je ne savais pas, à l'époque, qu'il valait mieux tourner l'enfant vers l'extérieur, lui présenter le monde, avec toute la sécurité de son père dans le dos. Et elle gazouillait, me tenait de véritables discours. Je sentais bien que ces gazouillis ne s'adressaient pas au ciel, aux arbres ou à sa mère, mais à moi. C'est elle qui m'a apprivoisé, qui m'a transformé en papa. Elle m'a donné l'envie d'être bon avec elle, de la protéger, de la sécuriser, d'être un garant. Avant cela, j'étais un Cro-Magnon, je n'avais aucune sensibilité. Avec elle, je suis devenu un papa inconditionnel.

— Etait-ce pareil ou forcément différent lors de la naissance de vos quatre autres enfants ?

Forcément différent. D'abord, parce que chaque enfant arrive dans un moment spécifique de l'histoire d'un couple – le troisième, par exemple, est arrivé au moment où l'on envisageait de se séparer. Chaque enfant inscrit une séquence d'histoire qui se ramifie aux histoires familiales de chacun, tissant ainsi un réseau de résonances, d'associations...

— Mais qu'avez-vous ressenti au moment de ces différentes naissances ?

Pour les suivants, des ressentis mélangés d'incertitudes, de colère, d'apaisement... Pour le deuxième – un garçon –, ce qui dominait : beaucoup de fierté. Pour le premier, comme je voulais une fille, j'avais été comblé.

— Mais vous venez d'avouer l'avoir mal vécu !

Je ne voulais pas d'enfant à ce moment-là ; il venait trop tôt. Mais dans mon imaginaire, dans une perspective future d'enfant, je pensais à une fille. Je crois que le désir inconscient d'enfant est toujours sexué.

— Donc, fierté pour le deuxième ?

Beaucoup. Ça m'a donné une sorte de plénitude. Il me semble que j'ai été très apaisé avec cet enfant-là. Au troisième – une fille –, ce fut plus difficile, parce que nous étions en crise, nous envisagions de nous séparer. Ce fut plus ambivalent. L'accepter, oui, mais en reculant, en freinant à mort des quatre fers. Et puis, le quatrième, c'était trop. Dans ce premier couple – je me suis marié deux fois –, on était vraiment au bord de la violence et du désespoir. Donc lui, il représentait un peu l'anarchie et la confusion de nos sentiments.

— Vous ne dites pas l'enfant de trop ?

Non. Ce n'était pas l'enfant qui était en trop, c'était trop de détresse entre nous. Trop d'angoisse pour moi. J'ai ressenti à cette époque beaucoup d'ambivalence et de désarroi. C'était comme une sorte de folie avec la peur au ventre d'en avoir un cinquième. Un sixième ? Des fantômes d'enfants à venir vécus comme des étouffoirs...

— Et le cinquième ?

Celle-là fut conçue dans une autre relation, quelques années plus tard. Ce fut la naissance où j'étais vraiment prêt à être père.

— Quel âge aviez-vous ?

Trente-cinq ans.

— Quelle image vos enfants ont-ils de vous ?

C'est plutôt à eux qu'il faudrait le demander, mais dans la perception que j'en ai, ils doivent avoir beaucoup d'images de moi. Beaucoup d'images très différentes, très opposées. Je pense que mes enfants gardent les images des différents pères que j'ai été à chacune des étapes de ma vie. Le père que j'ai été à trente ans n'était pas le même que j'ai été à trente-cinq, quarante ou cinquante ans. Je pense qu'ils doivent avoir une image assez contrastée de moi. Vous savez, on n'est jamais longtemps un homme extraordinaire pour ses enfants. Je ne crois pas. Je crois qu'ils ont perçu mes vulnérabilités, mes faiblesses, mes contradictions, mes incohérences, parfois. Et chacun doit vraisemblablement avoir des images très personnelles, parce que j'ai été tour à tour un père absent, un père qui s'occupait plus des autres que de ses propres enfants. Oui, ce doit être une image où se mêlent beaucoup de personnages : dragon, héros, père injuste, père parfois formidable, chaleureux, bienveillant, père violent, père silencieux, père joyeux, compréhensif, aveugle... J'ai dû incarner toute la gamme des pères possibles ou inacceptables !

— Et quel grand-père êtes-vous aujourd'hui ?

D'abord, je dois préciser que je ne suis ni un « grand-papa », ni un « papy », mais un grand-père, comme vous le dites.

Je ne souhaite pas que mes petits-enfants m'appellent « papy » ou « pépé », mais « grand-père ». Et je mets dans ce mot le fait que le grand-père est un témoin de la réalité. Vis-à-vis de mes petits-enfants, je me vis comme quelqu'un qui témoigne d'une réalité qui va être différente de la leur, d'une sensibilité qui va être parfois aux antipodes de celle qui leur est propre. Ce positionnement ne se situe pas dans une dimension affective, mais relationnelle. Mes sentiments sont acquis, j'aime mes petits-enfants, je suis ému, émerveillé par leur présence. Je ne les remets pas en cause, ils sont là, ils m'habitent, mais ils ne me font pas devenir gaga. Quand je les invite chez moi, par exemple, ils vont respecter le cadre de vie qui est le mien, même s'ils ont d'autres centres d'intérêt. Je suis là pour témoigner d'un regard et d'une pratique de vie auxquels ils n'ont pas accès dans leur cadre habituel et qui, peut-être, leur serviront de référence, soit pour changer, soit pour confirmer leurs propres modes de vie.

Je ne suis pas un « papy-gâteau » qui va à la pâtisserie acheter des tartes. Je préfère échanger sur comment ramasser les tomates sans abîmer la plante ou comment planter un arbre ou arroser un arbuste sans abîmer les feuilles.

— Un grand-père utilitaire !

On pourrait le dire. C'est un bon mot ! Oui, que mes petits-enfants puissent m'utiliser au maximum dans les ressources qui sont les miennes.

— Tout autre chose. D'une manière générale, croyez-vous au hasard ?

Ce n'est pas un mot qui fait partie de mon vocabulaire, ni donc de mes références. Je crois que ce que nous appelons le hasard n'est que la somme de toutes nos ignorances. C'est ce que nous ne comprenons pas ou que nous n'avons pas su lire ou décoder. Je crois que tout a un sens. Je ne crois pas au destin non plus, notamment que tout serait écrit à l'avance.

— Dans un même ordre d'idée, croyez-vous à la chance ?

Non. Hasard, chance, destin, ces notions me sont étrangères, elles ne m'habitent pas. Je crois à ce que je mets en jeu, à ce que je fais. Je ne peux pas dire, par exemple, que j'ai la chance d'avoir une belle maison : j'ai gagné ma maison. Je crois aux signes impalpables avec lesquels la vie ardente se manifeste, mais c'est à nous de savoir les accueillir et les recevoir. Rien ne m'a été offert.

— Si ! La vie !

La vie, oui. Ma conception, ma gestation et le début d'existence qui en a découlé m'ont été offerts. C'est le plus beau cadeau que j'ai reçu. Et j'en suis très reconnaissant à mes deux géniteurs. Sinon, pour l'essentiel de ce que je suis devenu, rien ne m'a été donné. Tout a été l'enjeu d'une lutte, d'un positionnement clair.

— On a compris que vous êtes quelqu'un de combatif, mais êtes-vous courageux ?

Je crois que je suis quelqu'un qui est capable de beaucoup de courage dans certaines circonstances et qui, dans d'autres, préfère fuir ou se protéger.

— Par exemple ?

Cela s'est passé quand j'étais chargé de cours de psychologie sociale et de relations humaines à l'université de Lille III. Un jour de mai, vers sept heures du soir – il faisait encore clair –, j'ai été agressé par deux loubards. Un petit incident de la vie citadine d'aujourd'hui.

— Quel âge aviez-vous ?

Quarante ans, à peu près. C'était à un feu rouge. J'étais distrait et je m'aperçois que deux loubards, dans une voiture, me font signe. Je baisse la vitre, croyant qu'ils me posent une question et j'entends : « Espèce de con, nos gueules te reviennent pas ? » Moi : « Non, non, mais pas du tout, excusez-moi, j'étais distrait... » Eux : « Comment ? T'es pas content ? » Manifestement, ils cherchaient la bagarre. Ils sortent alors de leur voiture. Moi, à mon volant, toujours dans l'esprit d'un malentendu, je n'ai senti venir le coup qu'au dernier moment. Tentant de reculer ma tête, j'ai reçu une volée qui a failli m'assommer. Toujours naïf dans les relations humaines, je descends de ma voiture avec l'intention de leur dire qu'ils font erreur. Quand je vois la barre de fer que tient l'un d'eux, je remonte dans mon véhicule et prends la fuite. C'est sept heures du soir, il y a des milliers de personnes dans la ville. Commence alors un gymkhana infernal, eux me poursuivant avec leur voiture. Pendant vingt minutes. C'est long vingt minutes. C'était terrible, comme dans un cauchemar. J'avais peur, je fuyais, et je cherchais des flics. J'étais prêt à me jeter sur un flic. Je vois alors un sens interdit. Je m'y engage, ils me doublent et me bloquent. Là, ma peur a changé de direction. Je ne suis pas devenu courageux, je suis entré dans une rage folle, avec des instincts de meurtre. Je passe la première et me dis : « J'attends qu'ils descendent et je leur fonce dessus. » En me disant cela, j'entendais le craquement des os dans mes mâchoires, tellement je voulais qu'ils meurent. C'est pour cela qu'il ne faut pas avoir d'arme sur soi : j'aurais eu un revolver, je tuais ces deux types. C'était une rage à la démesure de ma peur. Ils ont dû sentir quelque chose, parce qu'ils n'ont pas posé le deuxième pied, on s'est regardés quelques instants et ils sont repartis. Et moi, je me suis mis à pleurer ! Tout seul dans ma voiture. Seul au milieu d'une foule indifférente.

— Voilà pour un exemple de courage ou de non-courage ?

De non-courage.

— Et pour le courage ?

Mes enfants en parlent encore ! Quelques années plus tard, pour des vacances de ski, on avait loué un chalet où il y avait trois autres locataires au-dessus. L'un d'eux faisait la nouba tous les soirs. C'était l'enfer ; on n'arrivait pas à dormir. Un soir, je monte, suivi par un de mes fils. Je sonne. Un géant, une bouteille de bière à la main me dit : « Qu'est-ce que tu veux, petit ? » Je lui réponds : « D'abord, je ne suis pas petit, et ce que je vous demande, c'est d'arrêter de faire du bruit. » Lui : « Tu vas pas nous faire chier, on est en vacances, espèce d'enculé. » Moi : « Je ne vous demande pas d'énoncer vos difficultés intestinales et de décliner vos capacités sexuelles ; ce n'est pas de ça dont je vous parle... » Je reprenais tout ce qu'il me disait en lui tenant tête. Mon fils m'a avoué plus tard avoir bien cru que j'allais me faire démolir. Je ne sais pas si c'est du courage. Ce que je sais, c'est que je me sens capable, si les enjeux en valent la peine, d'affronter des situations difficiles.

— Est-ce que, dans votre vie si bien remplie, vous connaissez ou vous avez connu l'ennui ?

Non, ça ne fait pas partie non plus de mes références ou de mes sensations.

— Vous le dites en souriant !

Oui, parce qu'en vous disant cela, j'ai un regard sur moi-même et je pense : « Oh, là, là ! Tu es un petit peu psychorigide, tu n'as pas les trucs habituels des autres gens, tu es enfermé dans ta façon de vivre... » Mais c'est vrai que je cours après le temps. Quand j'ai un moment de libre, je lis, je rêve. Non, je ne sais pas ce qu'est l'ennui. Quand je vais chercher quelqu'un à la gare, par exemple, je prends un livre ; si le train a du retard, je bouquine. Je n'ai jamais le temps de m'ennuyer.

— Quel est votre rapport au temps ?

Actuellement, le temps, pour moi, s'accélère de façon épouvantable. J'ai l'impression que les jours n'ont plus que douze heures, alors que j'aurais besoin de jours de 72 heures. C'est fou ! Si je jette un coup d'œil en arrière, dans mon enfance, il me semble que les journées étaient longues, plus chaudes, plus lumineuses. J'avais le temps de faire plein de choses. Aujourd'hui, j'ai l'impression que je ne fais pas le cinquième de tout ce que je voudrais faire dans la journée.

— Parce que vous faites preuve d'une boulimie d'activités, de désirs ?

Il y a certainement de cela, mais plutôt que de boulimie, je parlerais de jouissance. Je suis traversé, habité par beaucoup de désirs.

— Pourquoi, alors que vous pourriez vivre tranquillement, notamment grâce à vos droits d'auteur ? Par fuite ?

Il y a de ça, même si je ne crois pas qu'on peut réduire mes aspirations à une seule donnée. Il se trouve que je suis quelqu'un d'anxieux et que je suis souvent porté dans le « faire ». Ce qui, peut-être, me sert parfois à m'éviter de me rencontrer. Mais, par ailleurs, je suis aussi quelqu'un qui peut rêver, qui peut ne rien faire pendant des heures. Paradoxalement, j'ai besoin de beaucoup de temps pour ne rien faire. Pour me mettre sur ma terrasse, tout nu, rêver ou écouter Johnny Hallyday, Mozart, Beethoven ou Eros Ramazotti que j'ai découvert récemment.

— En disant « il y a de ça », vous sous-entendez qu'il y a aussi autre chose ?

Il y a aussi que, ayant beaucoup gaspillé de temps dans mon existence, et ne croyant pas aux vies antérieures ni à la vie après la vie, j'ai le souci de ne rien perdre de la seule existence qui me reste à vivre !

— Vous avez gaspillé beaucoup de temps ?

Ah oui ! De zéro à trente ans, je me suis perdu dans beaucoup d'errances. Je le vois même au travers des objets. Quand j'ai déménagé, il y a vingt ans, pour venir ici, sur trois camions il y en avait un entier plein d'objets inutiles ! Quelle prise de conscience ! En évaluant la valeur de ces objets, j'ai découvert que j'avais là le salaire d'au moins trois années. J'aurais pu économiser trois ans de travail de ma vie au lieu d'acheter ces objets devenus inutiles. C'est fou, ça !

— Si la plupart de ces objets vous paraissent aujourd'hui inutiles, est-ce que certains d'entre eux gardent cependant de l'importance pour vous ?

Les objets, c'est comme mes chaussons de petit bébé : ils ont été importants à une période de ma vie. Je peux les conserver, par nostalgie, mais si je suis honnête avec moi-même, pour l'homme de soixante-sept ans que je suis aujourd'hui, ces chaussons n'ont aucune importance. Certains objets surgissent dans votre vie pour accomplir ou remplir une fonction donnée, mais une fois cette fonction accomplie, ils perdent de leur vitalité par rapport à ce que vous êtes. Je n'ai pas gardé la trottinette de mes cinq ans !

— Je pensais à autre chose. Avez-vous gardé, par exemple, des objets ayant appartenu à votre mère ?

Le peu d'objets personnels que ma mère possédait étaient ses bijoux, qu'elle avait convenu de donner à sa belle-fille, la femme de mon frère. Alors, non, je n'ai pas d'objet significatif lié à ma mère. J'ai des photos et son dossier de l'assistance publique, ce qui me semble plus important qu'un miroir ou une brosse à cheveux. Cela est aussi lié à notre histoire : nous n'avions chez nous que des objets utilitaires. Sans surplus. Il n'y avait ni ces bibelots, ni ces babioles qui décorent une cheminée ou une étagère.

— Vous venez d'évoquer le monde de la musique. Qu'écoutez-vous ?

J'ai des choix absolus : Mozart, au-dessus de tout. Et puis Schubert, Chopin. En matière de chanson, je suis un orphelin de Tonton Georges, Georges Brassens. Je trouve qu'il n'y a rien eu de mieux en termes de textes, de ciselage, d'invention de mots, de rythme aussi. Et puis Barbara, Jacques Brel, Jean Ferrat. Les poèmes d'Aragon chanté par Jean Ferrat, je mets ça dans mon Panthéon. Sinon, un zeste de Jean-Jacques Goldman, Alain Souchon un petit peu, mais je suis resté, comme ça, avec des fixations.

— Et en ce qui concerne l'instrumental « pur » ?

Le violon, beaucoup. Et le piano. J'adore les concertos de piano, de violon. J'adore également les quatuors. Visuellement aussi. J'aime bien voir jouer des quatuors. D'abord, parce qu'ils ne sont pas constipés comme dans un orchestre de quatre-vingts musiciens. Ils rient, jouent, se parlent, s'envoient des clins d'œil. C'est formidable, cette tendresse dans la mise en commun, dans l'offrande de leurs instruments pour soutenir, caresser, accompagner celui de leurs partenaires.

— Toujours la communication et les relations humaines ! Au-delà de ces thèmes, quels sont les sujets qui vos préoccupent ?

J'ai envie de dire une préoccupation qui ressemble à une fixation : qu'on enseigne un jour la communication à l'école comme une matière à part entière. C'est l'avenir qui se joue. Je crois que c'est le seul antidote à la montée, à l'extension, à l'accélération de la violence. C'est mon premier centre d'intérêt. Le deuxième, c'est l'amour. Je trouve que l'amour est maltraité aujourd'hui, qu'on lui donne une mission impossible. Celle de réparer les blessures de l'enfance, de réparer les difficultés actuelles, alors qu'au fond peu de gens savent aimer. Il y aurait tout un travail de réflexion, de propositions poétiques, symboliques, pour réconcilier les gens avec l'amour. Pour leur montrer combien c'est un générateur de créativité, de beauté, de bien-être, d'expansion de soi, d'agrandissement.

Et puis, il y a encore deux autres points qui m'habitent. Premier point, la pratique de la symbolisation. En Occident, depuis René Descartes, on est analytique et scientifique, logique et technologique. On a hypertrophié le cerveau gauche, cerveau du verbal, du rationnel, de la logique, de l'explicatif. Parallèlement, on a hypotrophié le cerveau droit, cerveau plus muet, analogique, synthétique ; cerveau de l'imaginaire, de la créativité, de la fantaisie, de la folie joyeuse. Et on s'est surtout coupé d'une relation potentiellement très puissante, très porteuse : la relation avec et par le symbolique. Exemple : tel homme dira pendant des années à son père alcoolique : « Je te déteste. » Le père va mourir et cet homme découvrira peut-être qu'il aime son père, bien que pendant des années il n'ait vu que l'alcoolisme du père, et que, en fait, c'est cela qu'il détestait. Ainsi, le jour où, symboliquement, il ira sur la tombe de son père et y déposera une bouteille sur laquelle il aura inscrit « alcoolisme de mon père », il pourra dire, par exemple : « Papa, aujourd'hui je ne te confonds plus avec ton alcoolisme. Je te vois bien toi et je vois bien ton alcoolisme. Et maintenant je peux reconnaître que je peux t'aimer. » C'est un exemple. Il y en a mille. Je souhaiterais, oui, que les gens se réconcilient avec ce langage. Vous savez peut-être qu'en région parisienne le psychiatre Tobbie Nathan, qui travaille dans des quartiers populaires (où vivent des Maliens, des Ivoiriens, des Sénégalais, des Péruviens, des Afghans...), donne ses consultations avec des marabouts qui utilisent des gris-gris, des chamans qui invoquent les ancêtres, des sorciers qui coupent le cou d'un poulet, qui ont des pratiques qu'on pourrait appeler magiques, mais qui permettent à ces gens déracinés de se relier à un symbolisme qui leur est propre et qui leur appartient. J'aimerais vraiment écrire un livre, un jour, là-dessus, et démystifier le fait que nous avons un regard trop réaliste sur les choses et qu'il nous faudrait un peu plus de légèreté, de fantaisie, d'inventivité pour dépasser nos conditionnements.

Et puis, deuxième point, je m'intéresse aussi à ce que j'appelle les violences invisibles. Et là, je ne suis pas d'accord avec les analyses de mes collègues sociologues ou psychologues sur les causes et les origines de la violence.

Elles ne sont pas d'ordre économique, comme on tente de nous le faire croire. L'aspect économique est une dimension amplificatrice, accélérante, mais il y a des origines plus subtiles, plus profondes, plus universelles, qui sont liées aux violences invisibles que nous recevons dans notre vie et aux autres violences que nous pratiquons envers nous-mêmes. Et aujourd'hui, quel que soit notre milieu, nous sommes entourés de violences invisibles.

— Du genre ?

La violence que j'ai reçue à l'occasion des dernières élections. Alors que les médias nous laissaient croire qu'au second tour tout se jouerait entre Chirac et Jospin, que c'était un fait acquis. Cela supposait qu'il n'était pas nécessaire de voter, puisque nous savions déjà qu'on retrouverait ces deux-là. C'est ce qui explique que beaucoup n'ont pas voté ou ont éparpillé leurs voix. C'est ce qui explique aussi l'immense stupeur en découvrant au second tour celui qui est apparu à la place du deuxième.
Autre exemple, la violence, en France, du formalisme étatique. La violence aveugle des impôts : en France, on pénalise la réussite. Plus vous réussissez, plus vous êtes pénalisés. D'un autre côté, on assiste, soutient et valorise l'échec. Vous avez mis votre entreprise en faillite ? On va vous trouver des aides, on va vous soutenir. C'est une violence terrible. A l'époque où je dirigeais mon centre de formation, j'aurais pu faire travailler dix personnes. J'avais potentiellement du boulot pour dix formateurs. Eh bien, je n'ai engagé personne ! Je n'ai pas voulu travailler pour être sanctionné par le fisc qui me prend près de 60% de mes revenus.

— Ces propos me font penser à la Suisse, où beaucoup s'installent pour des raisons fiscales. N'avez-vous jamais songé à habiter ailleurs qu'en France ?

On me l'a souvent suggéré. Que ce soit mon comptable ou mes amis, on m'a souvent proposé d'aller en Irlande, au Québec ou en Suisse. J'ai refusé. Je ne me vois pas m'obligeant à quitter un pays que j'aime et où j'ai des racines, un mode de vie qui me convient, pour aller m'exiler dans un pays pour des raisons fiscales. Je paie, voilà ! Je paie avec le sentiment d'une immense escroquerie.

— Mais indépendamment des raisons fiscales ? Je pensais plus particulièrement à la Suisse romande, où vit votre compagne.

La Suisse est un très beau pays, mais ce n'est pas ma tasse de thé. Mes aspirations bucoliques et amoureuses me porteraient davantage vers Tahiti, vers un pays d'eau et de soleil.

VII

Valeurs vitales, plaisir et confiance.

« Je sais hurler, brailler, beugler, danser le rock... à ma façon. »

— Il vous est arrivé de déclarer : « Chez moi, une injonction peut entraîner un blocage, une fuite ou une transgression. » N'avez-vous vraiment pas dépassé cela aujourd'hui ?

Non, parce que je sens que j'ai un seuil d'irritabilité, d'intolérance – c'est peut-être aussi mon côté psychorigide, j'ai aussi cette dimension-là – qui peut être détestable ou handicapant, qui me fait avoir des réactions un peu excessives par rapport à ce qui serait souhaitable. Je ne supporte plus qu'on parle sur moi, par exemple, qu'on pense à ma place. Une amie me téléphone et me dit : « Il y a un barbecue chez des amis samedi prochain, j'ai dit que tu viendrais certainement. Je passerai te prendre. » N'étant pas centré sur moi à ce moment-là, je m'entends répondre : « Bon, d'accord. » Dans la demi-heure qui suit j'ai une angine, la gorge bloquée. Je me prépare ma tisane préférée. Rien n'y fait. Soudain, je prends conscience de mon attitude : « Mais c'est le téléphone de tout à l'heure ! » J'appelle l'amie en question, lui explique que je n'ai pas été clair avec moi-même, que j'ai mal vécu à l'intérieur de moi qu'elle se soit engagée à ma place et donc que je ne viendrai pas à ce barbecue. Et mes symptômes disparaissent d'un seul coup.

— Cela concerne l'injonction ou le fait que l'on vous définisse, mais avez-vous d'autres intransigeances ?

Oui, beaucoup. Quand on arrive en retard, par exemple. Je ne supporte pas le retard. J'avertis clairement l'autre que dix minutes après je ne serai plus là. Je préfère renoncer à une soirée que d'attendre.

— Ah oui ?

Ah oui, oui ! Psychorigide ! Si je le dis, c'est parce que nous sommes nombreux à être comme ça, à vouloir se sentir respectés. Il vaut mieux le reconnaître.

— Autre chose ?

Je suis inflexible quand on ne tient pas ses engagements. J'étais connu pour être un pinailleur dans les contrats que je faisais pour mes conférences. Je demandais par exemple : « Je réclame un micro-cravate et je vous prie de l'essayer personnellement auparavant. »

— Quelles sont ces valeurs « vitales » au plus près desquelles vous conduisez votre vie, puisque c'est le terme qu'il vous est arrivé d'employer pour y faire référence, sans toutefois les citer ?

Mes valeurs vitales se rassemblent autour de quelques concepts guides.
Responsabilisation : je suis partie prenante de tout ce qui m'arrive (je ne vais pas accuser autrui, le gouvernement, etc.) et responsable de ce que j'en fais.
Respect de moi, garant de l'accord interne entre ce que je fais et ce que j'éprouve, entre ce que je sens et ce que je dis.
Acceptation de la différence et respect de l'autre. Cela veut dire acception du ressenti de l'autre comme lui appartenant.
Nécessité de me positionner, de me définir. Si je ne prends pas le risque de me définir, je prends le risque d'être défini par l'autre dans une direction qui ne me convient peut-être pas.
Engagement. Dans le sens où je collabore en mettant à la disposition d'un projet, d'une action, mon temps, mes ressources, ma créativité.
Ce sont des valeurs qui visent à préférer la confrontation à l'affrontement. Je ne fais jamais le bras de fer avec quelqu'un.

— Quelle est la différence entre confrontation et affrontement ?

Dans la confrontation, je mets mon point de vue devant le vôtre. Dans l'affrontement, j'essaie de mettre mon point de vue sur le vôtre.
Dans un échange, je cherche à passer de l'opposition à l'apposition. La formule qui signe l'opposition, c'est : « Je ne suis pas d'accord. » Il m'arrive souvent de dire : « Je n'ai pas besoin de votre accord ou de votre désaccord. Donnez-moi votre point de vue, afin que je puisse le confronter avec le mien ! »

— On vient de voir comment vous conduisez votre vie. Et au volant, quel conducteur êtes-vous ?

Le plus souvent, je tiens compte de mon passager. Quand je suis seul, je roule assez vite. Je ne peux pas dire que je prends des risques, mais comme j'ai une voiture puissante, je conduis juste un peu au-dessus de la normale. Pour moi, c'est un outil de déplacement ; je n'en fais pas un enjeu particulier.

— Pas de réaction d'agressivité envers les autres ?

Non, c'est fini. Je l'ai fait jusque vers l'âge de trente ans. Aujourd'hui, je n'entre plus en compétition. Il me traite de con ? Je n'accélère pas pour le traiter de con à mon tour.

— A propos de maîtrise, justement, vous semblez très « contrôlé ». Savez-vous vous laisser aller, vous « lâcher », sans retenue ?

Ah, oui, oui ! Je sais faire le fou ; je sais hurler, brailler, beugler, danser le rock... à ma façon. Quand je fais l'amour, je peux gueuler comme un veau ou pleurer de reconnaissance éperdue. Mais c'est vrai que je n'ai pas souvent l'occasion de me mettre hors de moi.

— Vous arrive-t-il de le faire et, le cas échéant, pour quel motif ?

Oui, bien sûr. Et ce que je vais vous dire est paradoxal, dans le sens où j'ai l'impression d'être en état d'indignation permanent... Contre les injustices, la violence, la bêtise, la médiocrité. Il m'arrive de me mettre hors de moi quand, dans la rue, je vois une femme qui gifle sa petite fille parce qu'elle n'a pas obéi, ou qu'elle la traîne comme un paquet de linge sale. Ou devant la bêtise d'un fonctionnaire qui me réclame un document alors que je viens justement de lui expliquer que j'ai perdu ce papier ! Mais c'est vrai que dans ma vie présente, je n'ai pas l'occasion de me confronter à des situations extrêmes. Je vis dans un pays magique et relativement protégé.

— **Cela dit, vous n'êtes pas vraiment un extraverti !**

Non, je suis plutôt un introverti satisfait de l'être. Intériorisé, c'est vrai. Tout à fait. Trouvant mon compte dans des satisfactions primaires : la rêverie, l'écriture, la lecture, le jardinage...

— **Vous dites cela en riant. Qu'est-ce qui vous fait rire dans la vie ?**

Peu de chose. Je me sens souriant, mais je ris peu. La finesse, les paradoxes, les blagues que me raconte mon frère via Internet. Comme il est mathématicien, je pense à celle-ci : « Sœur Logique et sœur Mathématique rentrent de leurs bonnes œuvres. C'est un soir d'hiver, il est tard. Soudain, sœur Logique s'arrête et dit : « Il me semble entendre un bruit de pas. » Sœur Mathématique : « Il ne reste que huit cents mètres jusqu'au couvent. Accélérons ! » Elles accélèrent, puis sœur Logique s'arrête : « Il a accéléré en même temps que nous. » L'autre : « Il ne nous reste plus que six minutes », etc. Sœur Logique décrète alors : « On va se séparer. Comme il ne pourra pas courir derrière nous deux, cela le découragera ou alors au moins l'une de nous lui échappera. » Sœur Mathématique : « D'accord. Je pense qu'en courant je serai au couvent en moins de trois minutes. Toi qui cours moins vite, tu devrais y arriver dans quatre minutes environ. » Sœur Mathématique arrive au couvent et attend. Un quart d'heure après, voyant arriver sœur Logique essoufflée :
Et alors ?
Tu avais raison, le temps n'était pas suffisant et il m'a coincée.
Et alors ?
Eh bien, il a ouvert sa braguette !
Et alors ?
J'ai levé ma jupe.
Et alors ?
Il a baissé son pantalon.
Et alors ?
Eh bien, une sœur qui a les jupes levées court plus vite qu'un type qui a son pantalon baissé ! »

La chute me fait rire. Et mon frère, qui m'a envoyé cette histoire par e-mail, ajoute : « Ceux qui auront pensé à un autre dénouement me réciteront deux Ave Maria de contrition. » Cela aussi me fait rire, parce qu'on est agnostiques tous les deux.

— Et vous, êtes-vous un sujet de rire pour vous-même ?

Ah, oui ! Je suis ma deuxième source de rires. Dans les conférences, je faisais beaucoup rire les gens avec mes mésaventures parentales, conjugales ou professionnelles. Mes conférences étaient très joyeuses.

— Que racontiez-vous comme histoire, par exemple ?

Il ne m'en vient pas à l'esprit maintenant, mais c'est vrai que c'était truffé d'exemples avec lesquels je montrais combien je pouvais être ridicule. En boudant, par exemple. Parce que l'autre ne veut pas faire l'amour ce soir-là, je me vois prendre dignement mon oreiller et aller dormir sur le divan du salon avec l'espoir qu'elle viendra me rejoindre. Et je reste éveillé jusqu'à trois heures du matin sans qu'elle vienne me rendre visite, heureuse qu'elle est de pouvoir enfin dormir seule !
Autre chose. Il y a quelques années, en rentrant d'une conférence, à une heure du matin, je crève sur l'autoroute. Impossible de desserrer les écrous de ma roue. A trois heures du matin, au bout de deux heures d'efforts, tout seul, personne ne s'arrêtant, j'arrive à enlever ma roue. Ensuite, impossible de mettre la roue de secours en bonne place. Les trous ne tombant jamais en face des pitons. A cinq heures du matin – il commence à pleuvoir –, je me lève et, comme un Indien, me mets à danser une danse archaïque, tribale, autour de ma voiture. Je suis sur le bas-côté de l'autoroute, il y a des dizaines de camions qui passent à toute vitesse et moi, je suis en train d'exécuter une danse du scalp autour de ma voiture, voyant, chaque fois que je me retrouve face aux véhicules qui arrivent, les yeux exorbités des conducteurs qui se demandent à quelle scène ils assistent ! Au bout de vingt minutes de cette danse complètement folle, je prends ma roue et – crac, boum ! – elle s'ajuste pile. J'arrive chez moi à six heures et demie du matin, complètement hagard et épuisé.

— Cette danse avait-elle un sens pour vous, un but ?

Quatre heures d'efforts pour changer une roue ! Je devenais fou d'essayer à mettre cette roue en place sans réussir à l'aligner correctement. Je n'explique rien. J'ai basculé dans un moment d'irrationnel, laissant mon corps retrouver des mouvements plus anciens que ma raison.

— Qu'en avez-vous déduit ? Vous vous êtes acharné, pendant des heures, sans succès...

Pendant des heures, j'étais resté dans le rationnel – je sais changer une roue –, et je me vois pourtant donnant des coups de pieds dans la voiture quand le boulon ne voulait pas se desserrer, comme si ça allait améliorer la situation, à part me faire mal au pied ! Et puis, d'un seul coup, je bascule dans une autre dimension, complètement magique, archaïque, irrationnelle... Et quelque chose se passe, se débloque.

— Ceci expliquerait-il cela ?

Je pense. Sortant de ma rationalité, du volontarisme qui m'animait, je suis tombé dans un peu plus de liberté.

— A propos de liberté. Si je vous dis « vacances » ?

Pour moi, c'est un mot joyeux. Un mot que je vois avec du mouvement, avec de l'élan, avec du soleil et un ciel immense. Quand je pense aux vacances, j'ai l'impression que le temps s'élargit, parce que pour moi, les vacances, c'est le temps de l'improvisation. Je ne suis pas pour les vacances programmées, où on va « faire » la cathédrale de Chartres, celle de Strasbourg, le Mont Saint-Michel et le Festival d'Avignon en quinze jours. Pour moi, c'est davantage le temps du surgissement de l'imprévisible.

— Indépendamment du lieu, vous parlez plutôt d'un rapport différent au temps !

Oui. Je peux être en vacances partout. Les vacances, pour moi, c'est avant tout une relation au temps et une relation à l'espace. Par rapport à ma propre vie, au mot vacances est toujours associé le mot eau. J'ai toujours passé des vacances avec de l'eau. J'ai fait du canoë dans ma jeunesse, puis beaucoup de voile. Pour moi, c'est le deuxième repère lié aux vacances. Avec du soleil, il faut de l'eau. Une seule fois dans ma vie, j'ai passé une partie de mes vacances à la montagne. Je ne recommencerai pas.

— Pourquoi ?

C'était en Savoie (je ne voudrais pas porter préjudice à cette région magnifique !), où un ami m'avait prêté un vieux chalet de montagne, dans les alpages. C'était vraiment idyllique, sauf qu'il y avait des pâturages et des vaches partout. Avec, autour de ces vaches, des myriades de mouches affamées. Et moi qui ai une sainte horreur des mouches ! En dehors du soir finissant et du matin tôt, mes vacances ont été empoisonnées par les mouches.

— On peut y voir un lien : quelle place occupe le plaisir dans votre vie ?

Ah... ! Je ne sais pas si je peux dire la première place, mais je vais dire beaucoup de place. Je dois être un jouisseur, dans le sens où j'ai le goût du plaisir. Je crois que je recherche le plaisir. Et cela encore plus depuis quelques années, depuis que j'ai appris à ne pas me laisser entraîner dans des situations de pollution ou d'ennui. Je préfère renoncer à un projet ou à une relation si je m'ennuie, si ce n'est pas bon pour moi. Dans le plaisir, aussi, il y a cette idée d'abandon, de lâcher-prise, c'est-à-dire de laisser remonter à la surface tout ce qu'on n'avait pas osé faire ou tout ce qui avait été censuré par auto-privation. A la notion de plaisir doit s'attacher la notion de liberté d'être. Il n'y a pas de plaisir sans la liberté d'être. Le mot qui me vient, c'est « oser ! »

— Dans quelle mesure le désir de laisser des traces intervient-il dans votre parcours ?

C'est un désir très fort, puisque d'une certaine façon je viens de nulle part, mes racines s'arrêtant vite : ma mère, et au-delà, personne. Mon géniteur, et au-delà, quelques traces qui ne s'inscrivent pas dans un vécu. Il y a donc une sorte de vide en amont de mon existence, et il me semble que quelque part, plus ou moins consciemment – plutôt inconsciemment –, j'ai tenté de le remplir, de le combler en aval de ma vie en laissant une trace à travers des livres, des cassettes audio ou vidéo, des CD. Très souvent d'ailleurs, dans l'avion ou ailleurs, beaucoup de gens me reconnaissent à ma voix.

— Que ressentez-vous lorsqu'on vous reconnaît ?

Du plaisir. Je le répète, parce que c'est très important pour moi : du plaisir et de la gratitude. Je dis souvent qu'un livre a deux auteurs : celui qui l'écrit et celui qui le lit. J'ai donc cette part de gratitude pour celui qui m'a écouté ou qui a lu mes livres, qui les amplifie par son regard, sa sensibilité, sa culture propre, ainsi que pour tout ce qu'il en fait.

— Je vous sens sincère, mais ne vous arrive-t-il jamais de vous dire que vous êtes formidable ?

Je vais vous surprendre. J'aimerais pouvoir me dire : « Je suis un type formidable. » Eh bien, je ne me le dis pas, parce que cela ne fait pas partie de mon image ! C'est toute mon histoire. Je sais que je suis quelqu'un de vulnérable, fragile, toujours en devenir. Si je me disais que je suis formidable, c'est comme si j'étais arrivé, or je n'ai jamais eu le sentiment d'être arrivé. C'est difficile à comprendre, mais c'est lié à une histoire fragile, difficile. Il m'est arrivé de dire à ma mère, en riant : « Maman, je gagne en un jour ce que tu as gagné en une année de ta vie en travaillant à faire des ménages comme une possédée, chez trois patrons différents dans la même semaine, dix ou douze heures chaque jour. » C'est cela qu'il faut comprendre. Je ne viens pas d'un milieu normal. J'ai passé les quatre premières années de ma vie à l'assistance publique, puisque ma mère, encore mineure, était au foyer des filles-mères. Ce n'est que lorsqu'elle a pu en sortir, à vingt et un ans, que j'ai pu vivre seul avec elle. Il faut savoir que ces filles-mères élevaient non seulement leurs propres enfants, mais aussi les bébés abandonnés qui n'avaient pas de mère. Ainsi, ma mère s'occupait également de quatre ou cinq autres bébés. Je ne veux pas faire du Zola, mais vous montrer que je suis issu de cette histoire et qu'à soixante-sept ans je suis toujours dans cette même vibration. Rien n'est acquis, je ne peux pas m'installer sur un piédestal. Je suis toujours en chemin, à lutter pour mieux me comprendre, mieux me cerner.

— Quel serait pour vous le bout de ce chemin ?

Mon but, aujourd'hui, pour autant que je puisse être le plus conscient possible, c'est de me battre contre le système antirelationnel à base d'injonctions, de dévalorisations, de disqualifications, de comparaisons, de chantages, de menaces, de maintien de rapports dominant/dominé et de culpabilisation qui domine dans notre culture et que je trouve éprouvant. Ce système dans lequel nous vivons depuis des générations me serre la gorge. On l'entretient quasi automatiquement, avec pour résultat des relations épouvantables entre les êtres humains. Ce que nous voyons de la vie n'est que l'écume, la surface, l'apparence, un film fragile, alors que derrière, il y a beaucoup d'horreurs. Je me bats pour des communications plus créatives, plus vivantes. Je me bats pour des relations non-violentes, parce que je pense que la communication, c'est la sève de la vie, qu'il y a une corrélation très étroite entre l'état de santé, l'état de bien-être, de bonheur, d'épanouissement personnel et la qualité de la communication qu'on peut avoir avec soi-même et avec autrui. C'est ça mon but. Ça veut donc dire qu'il n'y a pas de fin, parce que – je le répète – je ne fais que défricher, élaguer, ensemencer de toutes petites parcelles. Il y a un énorme travail à faire pour que nous arrivions un jour à une communication humaine, ouverte, bienveillante et conviviale.

— Vous me parlez de votre but, mais par rapport aux autres, pas par rapport à vous ! N'avez-vous pas de désirs personnels ?

Mais c'est ça le sens de la vie à mon âge ! J'ai bien des désirs immédiats, ponctuels, à la fois importants et dérisoires, mais ce que je désire au plus profond, c'est que la méthode E.S.P.E.R.E. soit plus connue, serve de point d'ancrage pour un changement structural dans les relations parents/enfants. Je ne suis pas dans une « désirance » majoritairement tournée vers moi-même. C'est vrai que je suis tourné vers les autres, et j'en retire beaucoup de bénéfices. Ce n'est pas aussi altruiste que ça peut paraître. J'en ai beaucoup de gratification. Quand une enseignante m'écrit : « Je pratique votre méthode à l'école. Je fais tous les jours dix minutes de communication. Chaque semaine j'enseigne une nouvelle règle d'hygiène relationnelle et je vois les changements incroyables chez les enfants, alors qu'avant j'étais obligée de faire le flic, m'embarquant dans des conflits qui duraient des heures. Aujourd'hui, il y a plus d'intégration, plus d'apaisement, et c'est aussi mieux pour moi. » Eh bien, quand je lis ça, je me dis : « C'est formidable ! » Je travaille pour ça. J'ai un retour qui me confirme que c'est dans ce sens qu'il faut continuer à aller. Je crois d'ailleurs qu'il nous revient la qualité de l'énergie que nous offrons à autrui.

— Aujourd'hui, vous dites ne pas désirer plus. Cela a-t-il toujours été le cas ?

Je vous ai dit qu'en fonction de mes origines je ne mettais pas la barre très haut. Quand j'ai acheté ce terrain de deux hectares il y a vingt-cinq ans, j'avais 250'000 francs français d'économie, soit exactement son prix. Bien sûr que si j'avais aujourd'hui un terrain de cinq hectares il me conviendrait tout à fait, mais je ne le recherche pas. Comme je n'aime pas être dans la dette, avoir une contrainte dans la durée, je suis entré dans un désir accessible. Et puis je trouve que ce terrain me suffit largement ; je suis dans un royaume. J'y ai planté plus de quatre mille arbres. Et je vais encore en planter. C'est pareil pour cette maison : je l'ai bâtie sur trois ans, en fonction de mes ressources. Je n'ai pas engagé d'entrepreneur, mais un chef de chantier. Je venais chaque semaine, dormant dans une roulotte, pour suivre et surveiller les travaux. Je sais donc qu'on n'y a pas mis la moitié du sable ou du ciment qu'on devait mettre. Cette maison a été construite dans les règles, à l'ancienne. Elle est solide, fiable, adaptée à mes besoins.

— Vous n'êtes pas quelqu'un qui fait a priori confiance ?

Non, je ne fais pas spontanément confiance. Je me donne les moyens de faire confiance. C'est moi qui me donne les moyens d'avoir confiance en telle ou telle personne.

— Donc, pas de confiance spontanée ?

La confiance spontanée est un leurre ! Si vous me demandez un prêt d'argent, c'est moi qui dois me donner les moyens quant aux conditions les plus sécurisées à partir desquelles vous pouvez me rembourser.

— N'est-ce pas à moi de vous dire : « Vous pouvez me faire confiance ! » ?

Ah, non ! C'est moi qui dois avoir confiance en moi en direction de vous. Confiance en moi vers vous, pas confiance en vous.

— A bien vous comprendre, si l'autre s'avère ensuite malhonnête, vous ne vous en prendrez qu'à vous-même, sans rien lui reprocher ?

Bien sûr ! C'est moi qui aurais manqué de jugement. Mais Jef, nous en sommes l'exemple même ! Nous sommes dans une relation de confiance pour ce livre ; rien ne nous lie. Si vous en faites autre chose ou que vous jetez votre manuscrit à la poubelle et que ces journées d'enregistrements sont perdues, je ne pourrais m'en prendre qu'à moi-même. C'est bien moi qui ai répondu oui à votre demande, qui me suis fait confiance dans votre direction pour adhérer et collaborer à ce projet.

— D'accord, mais si c'est moi qui vous trahis en ne répondant pas à votre confiance ?

C'est moi qui me serais trompé sur vous. Je sais que je dérange en affirmant cela, mais dire « je te fais confiance », c'est une escroquerie. Exemple. Vous êtes mon fils et vous me demandez de sortir ce soir. Je dis : « D'accord ! A quelle heure rentres-tu ? » Réponse : « A une heure du matin. » Bien. Si je dis : « Je te fais confiances, tu rentreras bien à une heure du matin », c'est moi qui me coince. Parce que si tu ne rentres pas, eh bien, c'est moi qui vais m'angoisser et t'accuser. C'est moi qui aurais mal placé ma confiance en toi. Moi, je ne gère que mon bout. A ton bout, pour des raisons qui t'appartiennent, tu m'as trahi, mais à mon bout, c'est moi qui me suis planté avec toi. Et je ne peux gérer que cela ! Je ne veux pas passer ma vie à vous traiter de ceci, de cela, à vous accuser, à essayer de vous porter préjudice. A partir du moment où vous avez jeté le manuscrit à la poubelle, je n'ai aucune prise sur vous. Ça ne sert à rien que je passe le reste de mon existence à me désoler.
Je vais vous raconter une autre anecdote. Elle concerne mon troisième livre. Un livre de poèmes qui avait été publié sous le titre *La Souffrerrance*, un condensé de « souffrance » et d'« errance ». Je portais ce manuscrit depuis trois ou quatre ans, je le traînais partout, le corrigeant et le polissant sans cesse. Je fais un voyage à Rome à l'occasion d'un colloque. Je me vois bien refermant le coffre de ma voiture. Je reviens cinq heures plus tard... Mon manuscrit avait disparu ! Qui avait oublié de verrouiller ou de contrôler le verrouillage de mon coffre ? Moi ! Je ne vais pas passer le reste de ma vie à accuser ce salaud de voleur d'avoir piqué un manuscrit inesti-

mable. C'est une règle de vie qui me donne beaucoup de sagesse. Si je vous fais confiance, c'est moi qui suis responsable de la confiance que je vous fais, et donc qui dois payer le prix si cette confiance se révèle inappropriée.

— Et vous parvenez à vivre ça facilement ?

Je le vis sans arrêt. Et je m'en porte bien. Je ne mourrai ni d'un cancer, ni d'un ulcère.

— Vous ne reprochez jamais rien à personne ?

Mais non. Si vous êtes ma blonde et que je vous ai proposé de sortir ce soir, que nous devons nous retrouver à 20 heures, place de l'Horloge à Avignon, et que pour des raisons qui vous appartiennent vous ne venez pas, c'est moi qui me suis planté. C'est moi qui ai fait un projet erroné vis-à-vis de vous.

— Alors vous êtes « fiable », présent au rendez-vous et n'en voulez pas à l'autre de ne pas être là ?

Non, sauf que c'est fini. Je ne fixerai plus de rendez-vous avec vous. Ah, oui ! Sur ce plan-là je suis intraitable. On me le reproche souvent, d'ailleurs. Puisque c'est moi qui me faisais confiance vis-à-vis de vous, je ne peux plus me faire confiance. Vous pouvez m'assurer : « Je suis « fiable », mais un empêchement, etc. » Non, non. C'est moi qui n'ai plus confiance en moi dans la perception que j'ai de vous. Cela se situe dans la droite ligne de ce que je dis depuis le début de nos entretiens. Comme je n'accuse pas, je ne reproche pas. Mais j'en paie aussi le prix.

VIII

Intuition, mort et politique

« La notion de paradis me paraît suspecte. »

— Possédez-vous un petit objet fétiche, un « talisman » personnel que vous garderiez toujours avec vous ?

Oui. C'est ce bracelet en or sur lequel est serti un diamant bleu que je porte au poignet droit. Il est ouvert mais resserré, c'est-à-dire que je ne peux pas l'enlever. C'est un objet symbolique qui me rappelle, d'une part, que j'ai besoin de relations ouvertes. C'est pour cela qu'il n'est pas fermé. Je me souviens d'ailleurs que ma première alliance n'était pas fermée non plus, que c'était un anneau en spirale qui restait ouvert. C'était moi qui l'avais dessinée et forgée, pour mon épouse et pour moi. D'autre part, ce diamant bleu me rappelle que j'ai reçu une parcelle de vie de mes géniteurs, et qu'à partir de là, c'est à moi de la respecter, de l'entretenir ; de tenter de donner plus de vie que je n'en ai reçu. Ce diamant me rappelle, au fond, mes propres engagements de vie envers ma vie.

— Lorsque vous avez une décision importante à prendre, un choix à faire, suivez-vous votre intuition ou écoutez-vous plutôt la voix du rationnel, de la logique, pour y répondre ?

Je fais confiance à mon intuition. Et d'ailleurs, chaque fois que je n'ai pas respecté cette écoute-là, ça ne s'est pas bien passé.

— Par exemple ?

Après lecture du programme, je choisis un spectacle au Festival d'Avignon. J'avais écarté une autre pièce, mais un ami me téléphone et me dit : « C'est formidable, il faudrait que tu ailles la voir. » Je garde le sentiment que ce n'est pas une très bonne pièce, mais puisqu'il insiste j'y vais. Et je suis déçu. Voilà ! J'aurais dû rester fidèle à mon propre ressenti. Cela m'est également arrivé pour le choix d'une auto. C'était l'année dernière. Je voulais acheter une petite voiture décapotable. Je vais l'essayer, mais je ne la « sens » pas. Je remets alors mon choix en cause. Autrement dit, je ne souhaite plus l'acquérir. Le vendeur insiste, jouant son rôle de vendeur, me disant que si je n'étais pas satisfait je pourrai facilement la revendre, puisqu'elle est très demandée ; qu'il y a normalement six mois de délai, mais que je peux l'obtenir dans un mois, etc., etc. Je me laisse avoir ! Et quand je la reçois, je constate en effet qu'elle ne correspond pas du tout à ma sensibilité, que je n'« accroche » absolument pas avec elle. Je l'ai revendue dans les quinze jours !

— D'un autre côté, que vous ne soyez pas resté « bloqué » sur vos premières appréciations, que vous vous soyez ouvert, prêt à accueillir un autre point de vue, relève plutôt d'une attitude louable.

C'est vrai, mais je crois quand même qu'il faut respecter les signes que l'on reçoit. Ce n'est pas une question de rigidité ; c'est une question de respect de soi. Je crois que nous recevons plein de signes bienveillants auxquels nous répondons ou que nous ignorons. Qu'est-ce qui guide nos choix ? Pour ma part, je crois que c'est notre ressenti.
Après avoir, dans un premier temps, accepté une invitation, puis, ne la « sentant » pas, y avoir renoncé, m'a peut-être permis d'échapper au camion qui m'aurait tué quelques kilomètres plus loin. Vous lisez dans le journal : « Accident d'avion. Les 247 passagers ont trouvé la mort. » Si vous aviez accès aux listes de réservations de la compagnie, vous constateriez peut-être qu'il y en avait 257 d'inscrits. Il y en a donc dix qui n'ont pas pris l'avion et qui sont vivants, parce qu'ils ont obéi à un signe. Mais peut-être aussi que si j'étais allé à cette réception j'aurais fait une rencontre qui aurait bouleversé ma vie. Qui sait ?
Vous avez raison de souligner le risque de rigidité, mais en même temps je crois qu'il faut apprendre à respecter les signes.

— Vous n'êtes donc pas « mental » dans vos premières impressions.

Je suis plutôt affectif et irrationnel. Là, on touche à une dimension que nous n'avons pas évoquée jusqu'alors. Je n'ai pas de mot pour nommer ce phénomène. Ce n'est pas de l'intuition, ce n'est pas de l'anticipation, ce n'est pas de la clairvoyance non plus. Mais quand je rencontre quelqu'un, par exemple, au premier contact, très rapidement, je vois souvent ce qu'il va devenir. Je souligne bien : non pas ce qu'il est, mais ce qu'il va devenir. Ce qui fait d'ailleurs que, paradoxalement, je noue la relation non pas avec la femme ou l'homme que j'ai devant moi, mais avec la personne que cette femme ou cet homme deviendra. C'est comme si on me présentait l'huître et que je voyais la perle.

— N'est-ce pas, d'une certaine manière, nier cette personne dans ce qu'elle est maintenant, ne pas partager pleinement le moment présent avec elle ?

C'est un des risques, mais ce que je viens de vous dire concerne des personnes avec qui, sans cette perception « anticipatrice », je n'aurais pas partagé le présent. Et puis, je suis l'objet de nombreuses sollicitations. Des gens m'écrivent pour me faire part de leur désir de me proposer un projet, de nouer une relation avec moi. Je leur réponds que si j'entends bien leur demande, je ne suis pas dans cette énergie-là. Certains se sentent alors blessés, comme si je les rejetais. Mais je ne suis pas obligé de m'ouvrir à toutes les relations qui se présentent. Je respecte ma disponibilité, ma sensibilité et mon ouverture du moment. Entendre n'est pas répondre.

— Tous les courants de pensées, tous les enseignements, tous les thérapeutes s'accordent au moins sur un point : être autonome, tenir debout tout seul est nécessaire pour vivre sereinement. Sachant cependant que l'autre est également indispensable à notre propre développement, comment trouver ce difficile équilibre entre ces deux approches ? Quelle est votre expérience personnelle à ce sujet ?

Si je jette un coup d'œil sur ma vie, il me semble que j'ai eu cinq ou six rencontres que j'appelle significatives ou structurantes. Cela veut dire que si je n'avais pas fait ces rencontres-là, je ne serais pas tout à fait l'homme que je suis. Notre propre développement, notre propre maturation, notre accession à l'autonomie, à plus de liberté d'être, passent nécessairement par la rencontre avec des personnes qui ont eu un impact sur notre devenir, qui nous ont libérés d'une peur, nous ont ouverts à une dimension de nous que nous ignorions complètement, ont renforcé chez nous une caractéristique qui était peut-être un peu plus faible. Je pense par exemple à un ami que j'ai eu, Philolaos Tloupas, un sculpteur grec qui m'a appris la rigueur. J'étais un peu « pagaillou », souvent dans l'improvisation, le je-m'en-foutisme, et cet homme m'a appris l'exigence, une sorte d'ancrage, d'enracinement.

— Pour situer, quel âge aviez-vous ?

Vingt-deux, vingt-trois ans. J'ai eu, comme ça, dans ma vie, quelques rencontres révélatrices qui m'ont porté. Je me souviendrai toujours... Il y a plus de quarante-cinq ans de cela. Il s'appelait Jean Ughetto, il revenait des Etats-Unis et dirigeait une maison d'enfants. Je voyais en cet homme une créativité inouïe. Il avait de grands talents de comédien, une capacité formidable de passer d'un rôle à l'autre. Un soir, devant des adolescents, il a lu un texte de Jules Supervielle, *L'inconnu de la Seine*. Cela m'a donné l'envie d'écrire. J'ai su, à partir de là, que moi aussi j'écrirais un jour des choses aussi belles. Du moins je le croyais à l'époque !

— Je vous sens transporté à l'évocation des talents de cet homme. Y a-t-il un talent que vous aimeriez ou que vous auriez aimé avoir ?

Ah, oui, oui ! Un talent de musicien, un talent de concertiste. J'ai une admiration jalouse pour les grands violonistes, pour les grands pianistes. Violon, piano, je n'arrive pas à décider vers quel choix je me dirigerais si quelqu'un avait le pouvoir, d'un coup de baguette magique, de me donner ce don. Si je devais choisir, je choisirais – la mort dans l'âme – l'un des deux, c'est sûr. C'est une de mes nostalgies, ne pas connaître la musique... L'autre étant de ne pas avoir le don des langues.

— Vous avez d'autres dons. Lesquels, à vos yeux ?

Je doute d'avoir des dons quand je vois le travail que me demande ce que je crée. Plutôt que des dons, j'ai des mouvements, des élans passionnés. A une période de ma vie, j'ai eu un mouvement pour la sculpture, mais comme je n'étais pas très doué, ça n'a pas été très loin. Plus tard, j'ai eu un mouvement vers l'écriture, mais je reste un besogneux chez qui l'inspiration passe par beaucoup de transpiration. Une phrase vient, je la laisse m'habiter, résonner ; je la relis ; une deuxième vient soutenir, amplifier, confirmer la première ; une troisième m'engage sur une piste à laquelle je n'avais pas songé, et c'est parti pour un chapitre. Ensuite, je vais relire chaque page dix fois et je vais la réécrire dix fois. Si vous voyiez les masses de brouillons ! C'est fou ! Nous sommes loin du don. J'ai écrit quelques poèmes, par exemple. Eux, je ne les relis pas, mais je suis souvent amené à en faire des copies pour le plaisir de les offrir à un mariage ou une autre occasion. Je ne suis pas dupe, moi qui adore Eluard, Aragon, Baudelaire, Verlaine ! J'en suis loin. J'en suis très loin. J'aime mes poèmes et apparemment ils sont aimés, mais en même temps je me dis : « Quelle musique chez ceux que j'admire ! Quelle puissance d'évocation ! Quel transport ! Où suis-je ? » Je n'ai pas d'amertume ni de jalousie. Chacun est à sa place. Je me contente de la mienne. Je rimaille pour la tendresse des mots.

— A propos des gens que vous appréciez – quel que soit le domaine, d'ailleurs –, est-ce que cela peut aller jusqu'à l'admiration ?

Ah, oui !

— Par exemple ?

Ça peut être l'œuvre et la personne. Je vais vous donner un exemple. Fin 1968, je découvre *Belle du Seigneur* d'Albert Cohen. Je trouve ce texte extraordinaire, cette écriture d'une grande beauté. Il y a dix romans dans ce livre. Je deviens un inconditionnel, j'en parle autour de moi (probablement beaucoup, comme toujours quand j'ai des enthousiasmes). Et puis, un jour, j'apprends qu'Albert Cohen habite à Genève et que son nom est dans l'annuaire. Je lui téléphone et lui dis : « J'ai beaucoup aimé votre livre, j'aimerais vous rencontrer. »

— A quelle époque ?

C'était en 1975, quelques années avant sa mort.

— Il accepte ?

Il accepte et je vais à Genève comme à un rendez-vous amoureux, mais avec la crainte que la rencontre ne soit trop formelle ou ne dure que quelques minutes. Sa femme, Bella, partie faire des courses, nous sommes restés trois heures et demie ensemble. C'était formidable. J'ai trouvé une adéquation profonde entre l'œuvre et l'homme. A la fin, je l'ai pris dans mes bras. Très ému – il n'a pas dû être pris souvent dans ses bras par des hommes -, il s'est mis à pleurer doucement, comme un soupir qui n'en finissait pas. Donc c'est ça : quand je suis en admiration, c'est sans réticence. Que ce soit pour un sculpteur, comme Miguel Fernandez, José Bonhomme ou François Cacheux ; un chanteur, comme José Van Dam ou Julos Beaucarne ; un peintre, comme Jacques Biolley ; ou pour un homme comme Christian Bobin, véritable ciseleur de mots. J'ai comme cela des acceptations inconditionnelles.

— Pour revenir sur la question de l'acceptation ou du refus de rencontrer quelqu'un qui vous le demande, vous auriez aussi été probablement déçu si Albert Cohen vous avait dit non !

Pas nécessairement déçu. Sachant qu'une relation a toujours deux bouts, je sais que je suis aussi responsable des signaux que j'envoie. Il est vraisemblable que dans ma façon de le contacter, j'ai envoyé des signaux qui l'ont suffisamment sensibilisé pour lui donner envie de me voir. Je l'aurais appelé quatre jours plus tôt ou cinq jours plus tard, je n'aurais peut-être pas mis la même énergie et je l'aurais « désamorcé ». Je peux illustrer ma position par une métaphore. Dans le quartier Saint-Cyprien de mon enfance, à Toulouse, il y avait des pompes à eau publiques dont la particularité était de devoir être amorcées avec un peu d'eau. Une petite cassolette remplie par le dernier utilisateur était d'ailleurs toujours posée à côté à cet effet. Si, suite à un oubli, par évaporation ou pour une autre raison, la cassolette était vide, eh bien, on faisait pipi dedans (je l'ai fait et j'ai vu des tas d'enfants le faire) pour amorcer la pompe ! Bien sûr, on jetait ensuite la première eau puisée ainsi dans la nappe phréatique. Autrement dit, il fallait quand même donner un peu de soi pour amorcer la pompe, qui nous répondait en nous donnant l'eau dont nous avions besoin. C'est un peu pareil pour les relations humaines. Si je n'amorce pas le

« tuyau relationnel », il ne faut pas que je m'étonne qu'à l'autre bout il ne vienne rien.

— Que vous reste-t-il de votre rencontre avec Albert Cohen ?

Il me reste le souvenir d'un homme lumineux, incroyablement lumineux, au rayonnement palpable. Ce qui m'en reste aussi, c'est l'impression d'un homme immense et en même temps vulnérable, fragile. J'ai l'image d'un homme bon et qui avait vécu pleinement sa vie. Et puis, la richesse, la préciosité, la générosité de son vocabulaire ! Il avait, en me parlant, une langue d'une qualité et d'une harmonie rares. Une dentelle de mots ! Petite anecdote encore : sitôt que sa femme, Bella, fut sortie, comme un petit enfant, il me demanda si j'avais une cigarette à lui donner. Ne fumant pas, je n'ai pas pu lui faire ce plaisir.

— Que ce soit chez des gens que vous admirez ou pas, pour quelle « faute » êtes-vous le plus tolérant ?

Long silence.

Je ne sais pas... La folie ? Il me semble aussi que je suis très tolérant pour celui ou celle qui, quoi qu'il ait fait, accepte de se remettre en cause. A partir de votre question, je pense surtout à quoi je suis intolérant. Je suis intolérant envers un adulte qui a abusé d'un enfant. J'ai été confronté deux fois dans ma vie à cette épreuve. J'avais deux amis, des relations assez proches, et quand j'ai découvert qu'ils avaient fait des passages à l'acte sur des enfants, j'ai arrêté la relation. Définitivement. J'ai tranché. Comme une opération chirurgicale. Un tel acte me paraît inacceptable, inexcusable. Un abus sur un enfant est un crime d'« humanitude ». Ce type de transgressions ne devrait pas être prescriptible.

— Si, membre d'un ordre religieux, vous aviez eu à prononcer les vœux, lequel de l'obéissance, de la pauvreté et de la chasteté vous aurait été le plus difficile à respecter ?

La réponse fuse.

Obéissance. Obéissance, parce que la chasteté ne dépend que de moi, tandis que l'obéissance dépend du comportement de l'autre. Si l'autre est con et qu'il me donne un ordre con, c'est difficile à assumer ! Vous savez qu'au début de ma carrière de « psycho-machin-chose » je suis beaucoup intervenu dans les couvents, au Québec en particulier. J'y ai souvent entendu dire, surtout chez les nonnes, que des trois vœux, obéissance, pauvreté et chasteté, le plus difficile à respecter, c'était l'obéissance.

— Et la pauvreté ?

Je l'ai connue, donc elle ne me paraît pas très difficile. Elle me paraîtrait injuste aujourd'hui, mais pas difficile. La grande pauvreté liée à la misère, qui vous maintient dans une survie aléatoire, oui quand même, cela doit être intolérable.

— Est-ce que vous pensez à la mort ?

Eh bien, elle commence à surgir dans mes préoccupations !

— Quand vous dites qu'elle commence ?

Depuis un an ou deux, pas plus, je suis traversé par cette idée que depuis la mort de ma mère je suis devenu mortel. C'est comme quelque chose qui monte lentement à la surface. Cela se traduit aussi en termes de succession : j'envisage un testament, afin que les choses soient claires pour mes enfants, pour mes proches.

— La question de la mort renvoie donc chez vous à des choses concrètes !

Pour l'instant, cela se manifeste ainsi. Et puis, nous en avons parlé, j'ai besoin d'avoir un corps qui fonctionne bien, qui ne soit pas atteint de maladies handicapantes. Et encore, ah, oui ! Que fera-t-on de tout ce que j'ai écrit et qui n'aura pas encore été publié ? Cela me préoccupe, mais légèrement.

— Tout ce que vous dites est très matérialiste !

Oui. Actuellement, ce phénomène inévitable de la mort surgit comme ça. Je n'ai pas d'interrogations métaphysiques sur ce que deviendra mon corps, sur une autre vie ou sur une éventuelle place au paradis. Si celui-ci existe, je devrais y trouver une place, ma mère ayant dû parler de moi là-haut en demandant de ne pas me laisser à la porte... Ou, comme je la connais, en proposant de laisser sa place pour qu'on me la donne !

— Ça vous rassurerait de croire en l'existence d'un paradis ?

Non, cela ne me rassurerait pas trop. La notion de paradis me paraît suspecte. Tous ces gens qui seraient censés être d'accord, s'aimer, être heureux, béats... Non, non. Puisque vous me le demandez, je vous réponds, mais ça ne fait pas partie de mes préoccupations. Je ne suis pas dans cette mouvance.

— Prenez-vous tout de même du temps, parfois, pour penser à la mort ?

Aucun temps. Elle ne surgit dans mes préoccupations que de façon très aléatoire. Ce que je vais dire paraîtra peut-être gros, mais j'ai beaucoup plus de préoccupations pour savoir comment je vais installer telle ou telle sculpture dans mon jardin. Je ne mobilise pas d'énergie, d'intérêt ou de pensées en direction de ma fin future.

— Ne pensez-vous pas que c'est pourtant nécessaire ?

Ah, non ! Ah, non ! Je ne trouve pas que c'est nécessaire de penser à la mort. Il faut que je pense à la vie, que je pense à ma vie, à ce que j'en fais, comment je la cultive au quotidien, comment je peux l'embellir et surtout la vivifier pour laisser après moi plus de vie que je n'en ai reçu. Ça, ça vaut vraiment le coup d'y penser ! C'est iconoclaste ce que je vais dire, mais c'est du temps perdu de penser à la mort. En tout cas dans ma façon d'être et de vivre.

— Que pensez-vous de ces lignes de Pierre Rey, que l'on peut lire dans son ouvrage *Une saison chez Lacan*, au sujet de la mort ?

« ... Lorsqu'on aime vivre, comment la passer sous silence alors que sa négation équivaut à la négation de la vie ? En ce qu'elle la place sous le signe de la limite, elle en fixe le prix et donne son poids à la jouissance, ce morceau d'intensité arraché à la mort, et à l'art, l'énigmatique part d'éternité qu'on lui vole. »

Mais dans ma réponse, dans ma façon d'être, je n'ai nullement le sentiment de nier la mort. Je dis qu'elle ne me préoccupe pas. Je ne la nie pas, je ne la rejette pas. Pas plus que je ne la mets sur un podium, je n'essaie de la jeter aux oubliettes. Elle ne fait pas partie de mes centres d'intérêts

actuels, c'est la seule chose que je peux vous dire. C'est comme si vous me demandiez ce que je pense de la montée ou de la chute des actions Coca-Cola. Rien. Je n'en pense rien.
Je sais que je suis mortel, mais ça ne fait pas partie de mes préoccupations actuelles. Je n'y pense jamais. Quand je prends l'auto, je ne pense pas que je vais mourir. Quand je prends l'avion, je ne pense pas qu'il va se crasher. Quand je monte dans un avion, je m'intéresse davantage au programme des films disponibles et surtout à ceux qui m'attendent au bout du voyage !

— Qu'aimeriez-vous qu'il reste de vous ?

Qu'on puisse dire un jour : « Il a été l'inventeur de la méthode E.S.P.E.R.E. » Mais surtout qu'on l'enseigne dans les écoles et qu'elle soit associée à une mise en pratique concrète qui puisse exister ensuite au-delà de moi.

— D'accord, mais ceci n'est-il pas doublé d'un désir de célébrité, de « rester », d'entrer dans la postérité ?

Non. Je préfère que ce soit le terme « Méthode E.S.P.E.R.E., Energie Spécifique Pour une Ecologie Relationnelle Essentielle » qui subsiste plutôt que mon nom. Vraiment. Là aussi, ça fait partie de l'ensemble de ma vie. J'ai des réticences envers trop de personnalisme ; je me méfie des icônes, des gourous, des maîtres à penser. J'ai vraiment une réticence par rapport à une mise en avant de la personne. Réticence qui peut sembler paradoxale ou incompréhensible en regard de mon besoin de reconnaissance, mais je pense que ce qui reste d'un homme ou d'une femme, c'est une œuvre qui a ouvert un changement dans l'évolution de l'humanité.

— En ce qui vous concerne, ne pensez-vous pas cependant avoir partiellement participé à la création de votre image ?

Vraisemblablement, mais malgré moi. Je vais l'illustrer par quelques chiffres. Ma première conférence, vers 1970 : 12 personnes, dans l'arrière-salle d'une librairie à Aix-en-Provence. La deuxième, à Neuchâtel, en Suisse : 60 personnes. Deux ans après : une moyenne de 300 à 500 personnes. Cinq ans plus tard : minimum 1000 personnes. Et vingt ans après, je remplis des salles de 2000 à 3000 personnes.

Alors, pour reprendre votre idée, j'y ai collaboré, oui, en acceptant de donner des conférences dans des salles de plus en plus grandes, parce que je ne supportais pas de voir des gens qui avaient fait cinquante kilomètres et qui n'avaient pas de place parce que la salle était trop petite. C'est pareil pour mes livres. Le premier, je l'ai auto-édité. Aujourd'hui, c'est un best-seller. Si c'est ça, participer à la création d'une image, eh bien oui ! Je précise cependant que je n'ai jamais utilisé les moyens auquel ont recours les gourous de notre époque, soit 1) créer un lieu de rassemblement, 2) s'entourer de disciples permanents, 3) développer, autour d'un « message », une dépendance et un attachement, 4) solliciter des apports financiers.

— On connaît vos préoccupations pour les questions de relations humaines, mais on ne vous a jamais entendu parler de politique. Est-ce un domaine qui vous intéresse ?

La politique m'intéresse, mais c'est vrai que sur le plan personnel, je ne me suis jamais engagé dans un parti. Je vote à gauche – avec, toutefois, de plus en plus de difficulté –, fidèle à mes origines et aux valeurs d'égalité, de fraternité, de meilleure justice, de répartition plus équilibrée des ressources qui sont celles de la gauche (même si, quand elle était au pouvoir, elle ne les a pas toujours appliquées – mais ça, c'est une question d'hommes ; et aussi de tout ce qui tourne autour des pathologies du pouvoir : toute position de pouvoir réveille, réactive les pathologies de base). Et puis je crois aussi que le concept démocratique commence à devenir caduc, qu'il est dépassé. Je crois que nous arrivons au bout des ressources de cette dimension, qu'il nous faudra tenter d'inventer une autre façon de prendre des décisions avec des priorités qui dépassent les intérêts personnels ou nationaux.

— Comment ?

Je ne sais vraiment pas. Je sèche.

— Mais vous y pensez ?

J'y pense, j'y pense. Je pense notamment que les hommes politiques, à partir d'un certain niveau de responsabilité, devraient entreprendre un travail sur eux-mêmes. Je suis démuni sur ce plan, mais il y a les problèmes des contre-pouvoirs à mettre en place, de la prise de décision et des suivis d'une décision qui sont à revoir ; le problème du degré de conscientisation que devraient avoir les élus, ceux à qui on confie la réalisation de nos aspirations, notre pouvoir de citoyen.

Quand je vote, je dépose mon pouvoir de légiférer dans les mains d'un individu qui souvent n'est pas « fiable », qui mérite rarement mon adhésion et qui correspond encore plus rarement à ma sensibilité personnelle. Le problème de la formation des hommes politiques, du travail sur soi, de la lucidité, de la clairvoyance, est pour moi fondamental. J'ai une aspiration dans cette direction, mais je n'ai pas de proposition concrète, sinon qu'ils pourraient déjà appliquer dans leurs discours la méthode E.S.P.E.R.E. Donc, la politique je la subis.

Je me rends compte également que je n'ai aucune influence sur les hommes politiques, sur les décideurs de mon pays. Je vois, par exemple, à quelles résistances, à quelles difficultés je me heurte vis-à-vis de l'éducation nationale, puisque je souhaiterais qu'on enseigne la communication à l'école comme une matière à part entière, ce qui suppose une très légère modification des programmes, une révolution dans la formation des professeurs, un élargissement du regard sur la relation pédagogique, qui ne viserait plus à transmettre simplement des savoirs et des savoir-faire, mais qui viserait aussi à proposer des savoir-être, des savoir-créer, des savoir-devenir.

— Pensez-vous que nous allons contre le mur, que la société s'est engouffrée dans une impasse ou pensez-vous que nous nous en sortirons ? En d'autres termes, croyez-vous en une résilience à l'échelle planétaire ou êtes-vous définitivement pessimiste quant à l'avenir de l'humanité ?

Je suis un pessimiste optimiste. Je crois que dans le court terme, dans les vingt ou trente prochaines années, nous allons vers beaucoup de violences, beaucoup de tensions et de malentendus. Il me semble qu'on n'a pas encore retrouvé d'ancrages suffisants pour simplement vivre en bonne entente avec soi-même et avec autrui. Je suis par contre un peu plus optimiste pour le long terme. L'Homme a déjà traversé beaucoup de crises dans son histoire – même si les conditions n'étaient pas les mêmes. Mais globalement, je suis pour l'instant quand même assez pessimiste, parce que je ne vois pas d'hommes ou de groupes d'hommes prenant des décisions visant à faire de véritables réformes en amont et non plus en aval, sous forme de colmatage, de bricolage. J'ai entendu dire, il y a quelques années, que des chamans, des sages, des hommes-médecine détenteurs d'un savoir immémorial jusqu'alors caché, ésotérique, connaissances acquises à la suite d'une longue initiation, avaient décidé de se rencontrer à partir de cette idée que tant que l'homme faisait du mal à l'homme ce n'était pas très grave dans l'histoire de l'humanité, mais que quand il s'attaque à la planète Terre, à Gaïa, la Mère, là il faut se réveiller, faire quelque chose. J'ai donc entendu dire que ces chamans – du monde entier – se proposaient de voyager, de sortir du secret et de partager leurs connaissances pour transmettre les bases ou l'essentiel de ce savoir qui leur avait permis jusqu'alors d'exister, reliés à des valeurs et à des forces que non seulement nous méconnaissons, mais maltraitons. Je ne sais pas ce qu'est devenu ce projet.

— Conflits, pollutions, épidémies, explosion démographique dans une partie du monde, dénatalité dans l'autre... Quelle est, selon vous, notre plus grande menace ?

Pour moi, la plus grande menace qui nous attend, c'est ce que j'appelle la « dévivance » de la vie. J'appelle « vivance » de la vie cette sorte d'énergie vitale qui circule entre les êtres, ainsi que – je peux imaginer – dans le végétal et dans le minéral. Qui nous dit que les pierres ne savent pas chanter, que les roches ne savent pas crier, que les arbres ne pensent pas ? J'appelle « vivance » de la vie cette énergie en mouvement qui dynamise, qui prolonge, qui agrandit, qui amplifie. Il me semble qu'elle est en danger. Pour de nombreuses raisons : on n'alimente plus la vie, on l'exploite, la maltraite, la violente avec des moyens technologiques de plus en plus incontrôlables. Et ensuite on veut la réparer, la restaurer, lui faire du goutte à goutte !
Prenons quelques exemples. La nourriture. La tomate que je mange en janvier ne contient rien en principes vitaux. C'est de l'eau rougie d'une tomate qui a été élevée sur un lit de sable avec du nitrate. Elle n'a pas le même goût que celle que nous achetons sur un marché de Provence en juillet-août,

qui a du parfum, de la saveur, de la pulpe... qui a de la « vivance ». Je mange des corn-flakes parce qu'il est indiqué sur l'emballage qu'il y a des dizaines de minéraux, du calcium, du magnésium, etc. Mais il y a moins de vie dans ces corn-flakes que dans le morceau de pain au froment que mangeait mon arrière-grand-père. Donc « dévivance » de la nourriture, « dévivance » de l'environnement, « dévivance » des rapports humains. On a calculé que dans les couples américains les partenaires ne se parlent plus que deux minutes et demie par jour. En Europe, c'est le double ; ce n'est pas mieux ! Oui, « dévivance » de la communication, parce que dans notre culture on a confondu communication et circulation de l'information. On a cru que communiquer, c'était faire passer des informations. Toutes ces « dévivances » ponctuelles, parcellaires, mais qui s'accumulent, dévitalisent la vie.

— En ce qui concerne l'écologie, la pollution des esprits n'est-elle pas plus grave que celle de la nature, sachant que cette dernière sera probablement toujours capable de reprendre le dessus ?

Elles sont aussi graves l'une que l'autre. Regardez dans quel état on se couche après certaines émissions de télévision ! Vous vous couchez dans un état de tension que vous allez peut-être éliminer pendant la nuit, que vous allez peut-être « oublier », mais vous avez été pollué. C'est plus intéressant dans l'autre sens, avec des stimulations positives : vous écoutez un quatuor de Beethoven et vous vous couchez ouvert, porté, cent millions de fois moins pollué qu'après le journal télévisé. Votre corps vous en sera reconnaissant. Imaginez les millions de gens qui regardent la télévision le soir et qui se couchent en acceptant d'être imbibés de la sorte, porteurs d'une violence endémique qui s'élimine de moins en moins vite !

IX

Vieillesse, ego et épitaphe.

« Je suis un homme qui se cherche. »

— Tenez-vous un journal ?

Non. Je ne tiens pas de journal dit intime ou personnel, car comme j'écris sans arrêt je peux dire ce que je ressens à travers un article, une nouvelle ou un conte. J'ai une grande liberté sur ce plan-là.

— Cela signifie-t-il qu'au-delà de l'enseignement, vos écrits sont empreints de réflexions personnelles ?

Tout à fait ! Et si je ne veux pas me dévoiler trop directement, parce que cela mettrait en cause une partie de mon intimité et surtout celle de mes proches, je crée un article avec une dimension apparente de fiction : « Tel lecteur m'a écrit pour me dire que... » Je personnifie beaucoup mes écrits au travers de la voix de mes contemporains.

— Prenez-vous des photos ?

Non, je ne prends pas de photos. J'ai un appareil que je dois avoir utilisé pour la dernière fois au mariage de mon fils il y a quatre ans. Je ne suis pas quelqu'un qui tente de capturer ou de garder la réalité. Je me contente de vivre ce que je vis, au présent.

— Au-delà la photographie que vous ne pratiquez pas, gardez-vous, vivez-vous avec des souvenirs ?

Oui, oui. J'ai beaucoup d'objets, de petites statuettes... Des objets symboliques qui ont un sens, qui se rattachent à une relation, à un événement, un voyage, une circonstance. Chaque tranche de ma vie est accompagnée de souvenirs et d'objets qui y renvoient. Cela peut être un tableau...

— Que vous gardez ?

Oui, je les garde. Je ne les jette pas, mais quand j'estime qu'ils ont épuisé leur force d'évocation je les mets dans une vitrine, dans l'obscurité d'une pièce consacrée à cela. Ils sont « en réserve », ne font plus partie de ma vie, mais je sais que je les ai. Les autres, ceux qui sont actuels, se trouvent sur les rayons des bibliothèques, sur des étagères, à la tête de mon lit...

— Vous ne jetez pas vos objets, quand bien même leur force d'évocation est épuisée. Au-delà de cette première « fonction », leur présence vous rassurerait-elle ?

Non. Les objets qui me relient à une personne qui a été significative dans ma vie, j'en garde la trace, parce que c'est une façon symbolique de témoigner de cette relation et de son importance. Au-delà de ceux que j'ai quand même supprimés, les quelques objets qui me restent s'inscrivent dans cette dimension-là.

— Connaissez-vous la nostalgie ?

Oui... Il faut dire que j'ai une définition particulière de la nostalgie : c'est quand on garde en soi la trace d'un événement heureux qui ne s'est pas bien terminé ou qui est resté inachevé. Quand on a perdu son partenaire, quand une relation ne s'est pas concrétisée dans toutes ses dimensions, par exemple. C'est ça, pour moi, la nostalgie ; une trace profonde, inquiète, mêlée d'émerveillement, de regrets, de manque par rapport à un événement heureux du passé.

— Puis-je alors vous demander quelle nostalgie vous habite ?

Oui. J'ai la nostalgie, par exemple, de quatre années successives de vacances passées entre dix-huit et vingt-deux ans au bord de la mer avec un pêcheur. Il s'appelait Eugène. Eugène Fourcade. Il pêchait des anguilles, la nuit. C'était un homme très chaleureux, très vivant, qui devait avoir quarante-cinq, quarante-huit ans. Il m'avait pris en affection et j'allais pêcher toutes les nuits avec lui. On dormait le jour. Je me rappelle, on vivait habillé d'un seul short ; j'étais noir comme un pain d'épices. J'aurais voulu être plus fidèle à moi-même en gardant le contact avec cet homme – que j'ai perdu de vue, mais non de cœur.

— Où était-ce ?

C'était au Barcarès, près de Perpignan, dans le Sud de la France, près de la frontière espagnole, sur l'étang de Leucate, en Méditerranée, sur le golfe du Lion. C'est devenu depuis une station balnéaire à la mode, mais à l'époque, c'était le bout du monde, infesté de moustiques. J'ai cette nostalgie d'une vie de Robinson Crusoé : pommes de terre, anguilles, un peu de pain, pêcher la nuit, dormir le jour, se baigner, être au soleil, participer à la vie secrète de l'univers...

J'ai aussi la nostalgie d'une relation amoureuse, à dix-sept ans, où je n'ai pas su me positionner, faire les gestes, énoncer ma parole ; où je n'ai pas su être, ce qui a fait qu'elle est partie vers un autre garçon. Et puis j'ai la nostalgie d'une année formidable vécue au Québec, à trente-trois ans, où je suis allé étudier avec une bourse. Une année de découvertes. Je découvrais tout ! Chaque jour était une caverne d'Ali Baba.

— Quel trésor y avez-vous découvert ?

J'ai découvert, par exemple, l'ouverture relationnelle des Québécois. Et des femmes québécoises, qui savent vous témoigner de leur intérêt, de leur attirance vers vous, de leur désir, sans ambiguïté, sans que cela entraîne de la dépendance ou des obligations. J'ai aussi découvert l'immensité du pays, la force, la densité de la nature sauvage... Et puis, j'ai découvert, encore, tout le courant dont j'ai déjà parlé, celui de la psychologie humaniste, les énergies, le massage, les techniques de régression et de changement d'état de conscience qui ont participé à quelques-unes des naissances de ma vie.

— Dans un autre registre, connaissez-vous la culpabilité ?

Pour moi, la culpabilité, c'est une petite aiguille qui se trouve sur la boussole de mes valeurs, à l'intérieur de moi – et je crois de chacun. Petite aiguille qui bouge, balisant ce qui est de l'ordre du bien ou du mal, différenciant ce que je considère comme le bien de ce que je considère comme le mal. La culpabilité, c'est un signe qui m'est envoyé pour me dire : « Tu es responsable de quelque chose qui pourrait avoir des conséquences. » Mais je ne confonds pas culpabilité et culpabilisation. La culpabilisation, c'est quand je prends sur moi quelque chose qui ne m'appartient pas : « Oh, là, là ! Si j'avais téléphoné à cette amie, peut-être qu'elle n'aurait pas quitté la maison ce matin-là et qu'elle ne serait pas morte dans cet accident d'auto... Si j'avais fait ceci, peut-être que mon fils ou ma fille ne se serait pas marié et ne divorcerait pas aujourd'hui... »

— Alors, culpabilité ne rime pas avec Jacques Salomé ?

Cela m'arrive, mais à doses homéopathiques. Je n'ai pas eu dans ma vie à me confronter à quelque chose que j'aurais pu faire et qui aurait entraîné des conséquences graves pour autrui. Il est vrai, par contre, qu'une de mes angoisses, quand je suis en voiture, c'est d'écraser un enfant. Si cela arrivait, j'aurais une grande culpabilité.

— Puisque vous parlez d'enfant : vous disiez qu'à différentes périodes de votre vie vous avez été « différents pères », notamment un père absent. Ressentez-vous une culpabilité par rapport à ça ?

Non. Je ne me sens pas coupable. J'assume ce que j'ai été. J'ai été ce père-là, à ce moment-là. J'ai été ce père-là par rapport à mon histoire, à mes moyens, à mes limites. Je ne me cherche pas d'excuses. De même, par exemple, quand je propose une relation ouverte à ma compagne, sur deux territoires différents, et que je pourrais pressentir qu'elle aurait peut-être envie de se marier ou de vivre sur le même territoire que moi ou que je puisse vivre plus longtemps sur le même territoire qu'elle, je ne me sens pas coupable de ne pas répondre à sa demande. C'est l'homme que je suis. J'ai besoin d'être fidèle à moi-même et de respecter mes propres choix de vie. Je ne me sens pas responsable de ce que vit l'autre. Il peut être blessé par ma conduite, être en colère, cela lui appartient. Nous pouvons en parler et ajuster nos possibles jusqu'à la limite de nos impossibles.

— Votre compagne et vous-même vivez en deux lieux différents parce que cela répond à votre choix, mais pas forcément au sien. N'est-elle donc pas forcée de l'accepter ? N'est-ce pas égoïste de votre part, puisque vous lui imposez votre préférence ?

Pas du tout. Je n'impose jamais rien, je ne fais que proposer. Elle prend ou elle ne prend pas. Une relation, comme une écharpe, a deux bouts. A mon bout, je te propose, ma chérie, une relation de rencontre et je ne t'en propose pas d'autre. Tu prends ou tu ne prends pas. Je peux imaginer qu'elle puisse prendre, dans un premier temps, avec l'idée que peut-être, un jour, je changerai d'avis ; mais ça, c'est chez elle. Donc, si elle a pris, c'est sa responsabilité. De même que je prends ou ne prends pas la relation qu'elle me propose. Je ne suis pas en situation de force, mais en situation de confrontation. Je me confronte à elle avec ce que je suis, tout comme elle se confronte à moi avec ce qu'elle est. Il doit y avoir des points de convergence puisque nous sommes ensemble – encore ensemble – depuis vingt ans. Mes enfants disent en riant : « Papa, pour avoir inventé l'écharpe relationnelle, tu aurais dû toucher le Nobel ! » Nous sommes toujours trois : l'autre, moi et la relation.

— Ainsi, au risque de perdre votre compagne... ?

Ce fut l'un des épisodes risqués de notre relation ! Cinq ans après, elle m'a dit avec une écharpe symbolisant la relation que je lui proposais et qu'elle avait acceptée – qu'elle aspirait à une autre relation (elle m'a montré une autre écharpe). Elle a donc lâché l'écharpe qui nous reliait jusqu'alors et qui représentait ce que j'appelle une relation de rencontre, pour me proposer une autre écharpe qu'elle appelait relation suivie, dans la continuité, sur le même territoire... que je n'ai pas prise. Nous sommes restés ainsi plusieurs mois sans nous rencontrer. Moi, n'ayant pas lâché la relation que je privilégiais (écharpe « relation de rencontre »), elle, ne lâchant pas la relation souhaitée (écharpe « relation suivie sur un même territoire »). Et puis chacun a vécu dans le respect de sa position.

— Cela s'est réellement passé ?

Cela s'est passé. Elle est partie.

— Si votre partenaire vous dit que cette relation n'est plus bonne pour elle, même si vous l'aimez, vous la laissez partir ?

Je n'ai pas à la laisser partir. C'est une adulte, elle part pour elle-même. Mais bien sûr ! C'est ça le respect. Comme je n'enseigne que ce que j'ai traversé et découvert, je pratique aussi ce que j'enseigne.

— Vous avez continué à lui proposer ce type de relation, quitte à la perdre ?

Je l'ai perdue. Pendant deux ans. C'était la seule relation que je pouvais lui proposer, la seule qu'elle ne pouvait accepter à ce moment-là !

— Cela ne concerne pas votre relation actuelle ?

Si, si ! C'est la même relation, qui a évolué. Et puis elle est revenue et nous sommes toujours ensemble.

— Cet amour que vous vivez à distance géographique – et puisque vous êtes le premier à reconnaître que les relations de couple sont complexes –, n'est-ce pas une fuite face aux difficultés de la vie de couple ?

Je ne le ressens pas comme une fuite, cela d'autant plus que j'ai vécu en couple et que je sais ce qu'est la cohabitation en continu. Je crois que ce serait une erreur pour moi de m'engager dans cette voie. Il faut le savoir : 50% des couples se séparent le jour où ils se marient. Ils mettront quinze ou vingt ans à le faire, mais ils se sépareront. Beaucoup de couples resteraient plus longtemps ensemble s'ils vivaient sur deux territoires différents. Cela dit, certains couples ont besoin de vivre ensemble.

— Personnellement, partager le même toit ne vous convient pas ?

Pour la personnalité que j'ai, pour mon rythme, pour mes besoins fondamentaux... Non. Je ne sens pas ce choix comme une fuite, mais plutôt comme une marque de respect à l'égard de moi-même et de l'autre. Car si j'acceptais de venir sur sa position par peur de la perdre, ce serait l'enfer entre nous. On fait toujours payer très cher à l'autre sa propre soumission.

— Au-delà de la nostalgie et de la culpabilité, avez-vous des regrets ?

Je n'en vois pas qui remontent à la surface, mais je dois en avoir qui naviguent dans les zones d'ombres de ma vie.

Silence.

Oui, je regrette de ne pas avoir une île à moi. Pendant longtemps, j'ai rêvé d'avoir une île. J'étais même inscrit dans une agence immobilière qui vend des îles dans le monde. Je recevais des catalogues.

— Une île... Pour y vivre seul, isolé ?

Pas pour y vivre seul, mais pour y vivre isolé, oui. Sûr ! C'est-à-dire pas pollué par l'envahissement de tout ce qui ne me correspond pas. L'endroit où je vis est une sorte d'île, vous l'avez constaté. C'est une île de verdure, de calme, où je me sens isolé. J'ai un portail que je peux fermer, ce qui me permet de pouvoir rester chez moi sans voir personne. J'ai besoin de cette rencontre régulière et fidèle avec moi-même.

— Vous sentez-vous serein aujourd'hui ?

Je me sens sur un chemin de sérénité, de quiétude. Ça veut dire que souvent je vis en harmonie et que parfois, quand cette harmonie se dérobe, je m'affole un peu plus, je m'agite, et puis j'en souris. Il me semble que je suis quand même sur un bon chemin pas très caillouteux, sans trop de gouffres insondables ou de crevasses assassines.

— Qu'est-ce qui vous fait vous affoler, vous agiter ?

Ce qui me déstabilise, souvent, c'est quand je sens que je n'ai pas de prise sur une situation qui me pollue ; qu'une certaine partie de la réalité n'entre pas dans mon attente, dans ma sphère d'influence. Je dévisse une vidange de lavabo, par exemple, et je ne parviens pas à la revisser. Ça me fait perdre ma sérénité. Quand je découvre que je suis démuni face à un événement qui surgit de la réalité et sur lequel je n'ai pas de maîtrise.

— Vos « agitations » ne renvoient donc qu'à de petites choses matérielles, pas aux gens !

Pas aux gens (ou très peu), en effet, car je ne dépends de personne, mais aux aspects matériels, aux questions d'intendance, oui. Je considère que l'intendance doit être à mon service. Je n'ai pas à gaspiller ma vie pour des histoires de robinets, de chasses d'eau ou d'ampoules électriques.

— Comment acceptez-vous de vieillir ?

Avant la mort de ma mère, je me vivais comme éternel. Je ne pouvais pas mourir, parce que cela aurait été un coup de poignard dans son cœur. Depuis qu'elle est morte, des interrogations sur la vieillesse et sur la fin de vie commencent à m'habiter – petits clignotants pour l'instant peu envahissants. Comment je vieillis ? En prenant le meilleur de la vie. C'est vrai que je suis favorisé. J'ai une indépendance économique, matérielle ; je n'ai aucune dette, je ne dois rien à personne. Je suis maître de mes propres actions, je n'ai pas de compte à rendre. Je suis suivi par mon éditeur, qui ne refuse pas mes manuscrits (même s'il m'invite parfois à les peaufiner). Comme on disait dans mon enfance : « Il a tout pour être heureux ! » Je pourrais dire : « J'ai tout pour être heureux », même si, peut-être, je ne le suis pas totalement. Oui, je suis dans un vieillissement confortable, je vis en plein air, j'entretiens mon corps, j'ai du temps pour mes passions...

— Là encore vous parlez d'aspects matériels. Or, la question de l'acceptation du vieillissement peut éventuellement toucher d'autres points !

Oui, je l'entends mieux maintenant. Sur ce plan-là, l'interrogation que j'aurais se porterait sur la libido. Je découvre que le vieillissement modifie la libido. J'ai moins de désir, il se renouvelle moins vite, paraît moins sollicité. J'ai une vie sexuelle plus paisible. C'est un point important, mais qui dépend aussi de l'autre, de celle qui est en face et dont le rythme, différent du mien, peut stimuler, réveiller mes propres désirs.

— Comment vivez-vous cet apaisement du désir ?

Je le vis avec interrogation. Avec nostalgie. A partir de quelle limite mon ticket ne sera-t-il plus valable ? J'aimerais retrouver l'ardeur de mes vingt ans et les possibles de mes trente ans. Mais bon, ça ne m'angoisse pas.

— Vous venez d'avouer que vous avez tout pour être heureux, même si, peut-être, vous ne l'êtes pas totalement. Que peut-il parfois manquer à votre bonheur ?

Le propre du bonheur, c'est qu'il n'est pas « fiable ». Si c'était un personnage, je lui dirais : « Tu es un salaud, tu ne t'engages jamais complètement. Tu es de passage, tu surgis, tu nous emportes, c'est la fête, mais tu peux nous quitter dans la seconde qui suit et ne nous revenir que longtemps après. Tu n'es pas un compagnon « fiable », mais je ne désespère jamais de toi ! »

— Et en quoi le bonheur n'est-il pas « fiable » envers vous ?

Dans sa durée, dans la sécurité, dans la certitude qu'il ne peut s'inscrire à demeure. Mais ce n'est pas fondamental. L'important est de sentir que nous y avons accès. Je pourrais aussi avoir des pensées plus élevées par rapport au bonheur et dire : « Quand même, il faudrait qu'il y ait plus d'hommes sur terre qui soient heureux, qu'il y ait moins d'enfants qui meurent tous les jours de famine ou de maladie... » Mais bon, je ne veux pas être Tartuffe, je n'y pense pas en permanence.

— Comment qualifieriez-vous ou quantifieriez-vous votre ego ?

Je ne crois pas qu'il est grand, pourtant je pense qu'il est solide, qu'il a une consistance, qu'il ne se laisse pas trop facilement bousculer. Je donne une mission à l'ego : me permettre de faire face à la réalité, de m'y confronter. Je ne ressens pas qu'il est envahissant pour autrui. Je trouve que c'est un bon compagnon. Je ne suis pas dans cette mouvance – bouddhiste ou autre – qui pourrait penser que l'ego, c'est un peu l'ennemi, que nous en avons toujours trop, qu'il nous entraîne à trop de narcissisme, à trop d'errance, et qu'il convient donc de le faire fonctionner a minima.

— Vous venez partiellement d'y répondre, mais comment composez-vous avec votre ego ?

Je ne compose pas, je ne suis pas en dualité avec lui. Je me trouve béatement satisfait de mon ego. « Ego-tis-te-ment » satisfait de mon ego.

— Etes-vous attentifs à vos rêves, ceux du sommeil ?

Oui, j'y suis attentif, mais de façon variable. J'y avais été sensibilisé quand j'étais en analyse, mon analyste m'ayant invité à les écouter, à les noter pour pouvoir élaborer dessus. Il y a des rêves qui sont très importants, que j'appelle rêves structurants, c'est-à-dire qui achèvent une situation ou qui m'y préparent. Des rêves qui éveillent, qui anticipent l'impact du passé sur mon présent.

— Par exemple ?

Pendant des années, je faisais un rêve récurrent qui m'annonçait qu'il y avait répétition d'une situation inachevée : j'étais pris dans un conflit menaçant, j'avais peur, je fuyais, et je me réveillais pour sortir du danger, donc conscient, dans le rêve, qu'il fallait que je me réveille pour ne pas être détruit !

— Et qu'en avez-vous fait ?

Se réveiller pour ne pas être détruit, cela m'a entraîné dans beaucoup de directions. Ecouter, d'une part, à quel danger je voulais échapper, et surtout pourquoi je fuyais plutôt que d'affronter, pourquoi j'étais dans la fuite plutôt que dans le combat. Et puis, il y a quatre ou cinq ans, j'ai fait un rêve assez terrifiant dans lequel j'étais menacé par des gens, nombreux, armés de haches, de fusils et de mitraillettes. Et dans le rêve même, alors que ma fuite s'amorçait, que je voulais sortir du rêve, je me suis entendu me dire : « Non, je ne fuis pas, je fais face. » Je me suis alors retourné, j'ai affronté mes ennemis, je me suis bagarré. Eh bien, je n'ai plus jamais refait ce rêve !

— Etait-ce lié à un événement réel de votre vie ?

Je ne l'ai pas relié à un événement de ma vie. Par contre, je sais que dans le monde réel cela m'a donné une plus grande assurance et une plus grande confiance en moi.
Quand ma mère est morte, par exemple, je n'étais pas là. J'étais au Québec et j'avais donné des instructions par téléphone à mon frère. Une fois rentré, j'ai fait un petit rituel sur sa tombe. Deux mois plus tard, j'ai fait un rêve dans lequel je marchais dans la rue. Il y avait une échelle très raide que j'ai gravie. Tout en haut, je me suis trouvé face à deux croque-morts qui tenaient quelqu'un dans un linceul.

Au même moment, ils jettent ce corps dans un cercueil, brutalement, comme un paquet, sans ménagement. Je leur dis : « Il ne faut pas faire comme ça. Ce n'est pas parce que les morts sont morts qu'ils sont moins vivants que nous. » Et je leur montre comment procéder avec délicatesse. Alors que je m'exécute, un coin du linceul se soulève, laissant apparaître le visage de ma mère qui me sourit. Au matin, j'ai senti que j'avais fait le deuil de son départ.

— Quel âge aviez-vous ?

Cinquante-neuf ans.

— Ecrivez-vous vos rêves au réveil ?

Non.

— Mais en tenez-vous compte ?

Je ne sais pas si j'en tiens compte, mais je sais qu'ils inscrivent des messages en moi. Dans un rêve, c'est moi qui m'envoie un message à moi-même, de façon codée. Le décodage se jouera sur plusieurs niveaux.

— Pour vous, ils ont donc toujours une signification ?

Toujours. Toujours. Ils ont un sens auquel j'accède ou n'accède pas, qui m'interpelle plus ou moins directement. Je crois qu'on se dit beaucoup de choses avec les rêves. On s'envoie des messages à soi-même qu'on ne pourrait pas entendre en état de conscience.

— Accédez-vous toujours à leur signification ?

Pas toujours, mais ils sont là quand même !

— Et est-ce que vous la cherchez quand vous ne l'avez pas ?

C'est très variable. Je ne suis pas obsédé par cela. J'essaie d'écouter, en « reliance » avec les événements de la veille, avec ce qui m'attend dans la journée à vivre ou avec ce qui m'habite dans cette période-là. Je ne fais pas une analyse approfondie des rêves. Ils font partie de mon environnement, comme de mettre un bouquet de fleurs ou de décider d'aller faire un tour dans le jardin.

— Est-ce que, par extension, vous êtes attentif aux signes que la vie parfois nous donne et que d'aucuns appellent « hasard », « coïncidence » ou « synchronicité » ?

Très attentif.

— Est-ce naturel ou vous y êtes-vous entraîné ?

Je l'ai découvert tard dans ma vie, autour de quarante ans, et je me suis entraîné à capter ces signes. Il y a beaucoup de synchronicités qui traversent une journée ou une tranche de vie particulière.

— Vous les captez. Et ensuite ?

C'est comme des compagnons familiers qui vous font un clin d'œil, petit caillou blanc dans l'immensité de nos aveuglements. Je suis souvent dans l'ordre de l'émerveillement, de l'accueil, mais ils ne me surprennent pas.

— Dans un domaine proche, quel est votre rapport à l'astrologie ?

Un rapport assez distancé. Je considère cette discipline comme très stimulante dans sa dimension symbolique. J'ai plus de réticence quand je la vois utilisée dans un esprit prédictif ou même sélectif de tel ou tel caractère.

— Pour vous, être Taureau – puisque c'est votre signe – signifie-t-il quelque chose ?

Oui, ça implique que je me vois comme quelqu'un de tenace, d'efficace, de volontaire.

— Pensez-vous que ces qualités soient l'apanage du Taureau ?

C'est comme ça que je le vois.

— Ça vous convient ?

Oui, mais je n'en fais rien d'autre. C'est comme le fait d'avoir les cheveux noirs ou d'être mat de peau.

— Pensez-vous que d'être d'un signe plutôt que d'un autre apporte au natif de ce signe qualités ou « défauts » particuliers ?

Je serais tenté de penser que ça n'apporte pas, mais que ça aide à révéler et peut-être à confirmer ou renforcer tel ou tel aspect de la personnalité.

— Richard Bach, l'auteur de *Jonathan Livingston le goéland*, a écrit, dans *Le Messie récalcitrant* : « Tu enseignes le mieux ce que tu as le plus besoin d'apprendre. » Vous me voyez venir ?

J'en suis l'exemple vivant. Je l'ai dit, j'étais un handicapé de la communication, un véritable infirme. Je me suis donc mis à enseigner ce dont j'avais le plus besoin, afin de sortir de cet état d'infirmité permanent. Je ne savais pas communiquer. Je ne savais pas me dire, je ne savais pas entendre l'autre, je ne savais pas demander, je ne savais pas refuser, je savais à peine recevoir. J'ai fait ma propre rééducation relationnelle en enseignant à mettre en commun autrement.

— Vous parlez de cette « infirmité » au passé, mais continuez à écrire sur ce thème. Pour les autres ou encore un peu pour vous ?

Il me semble que j'écris aujourd'hui plus en dominante vers les autres qu'au début. Mais je sens bien que j'écris encore aussi pour moi, que je poursuis ce qu'on pourrait appeler une démarche holistique, une démarche de meilleure connaissance de moi-même, de réconciliation, de meilleure acceptation de l'homme que je suis, avec ses doutes, avec ses quelques qualités et ses innombrables défauts.
Si, pour certains, la méditation ou la marche, c'est la voie, pour moi, c'est l'écriture qui est la voie. Je suis sur cette voie-là, qui me semble la plus adaptée, la plus bienveillante, la plus porteuse de possibles par rapport à l'homme que je suis. J'ai le sentiment que j'écrirai jusqu'au bout. Je me suis interrogé là-dessus : qu'est-ce qui fait qu'on arrête, comme Jean Ferrat qui ne chante plus ?

— Contrairement à Jean Ferrat qui a décidé de cesser de chanter, vous avez choisi de continuer à écrire. Pensez-vous avoir une responsabilité envers les autres dans ce domaine ?

Non, pour moi cela ne se pose pas en termes de responsabilité, mais de liberté. J'ai vraiment du plaisir à écrire. J'en ai le goût, l'envie, et je n'ai pas l'angoisse de la page blanche. Je n'ai donc pas envie de m'en priver.

— Puisqu'on arrive vers la fin, je me demandais : occupé, sollicité comme vous l'êtes, pourquoi avoir accepté ces entretiens ?

Je considère qu'un livre sur moi, c'est un peu un accouchement de moi-même. Ça me donne l'occasion de me rassembler, de me réunifier. Et puis, peut-être, aussi, de dire des choses que je n'avais pas encore dites. Les messages que j'envoie ou que je tente d'envoyer aux autres sont aussi des messages que je m'envoie à moi-même par rapport aux choix de vie que je fais. C'est vrai que je pourrais arrêter, revenir dans la clandestinité, dans l'ombre, sortir un petit peu de la lumière d'homme public dans laquelle je suis, mais je trouve que je me protège quand même bien. Je compose bien entre ma vie intime et les quelques irruptions que je fais encore dans la vie publique.

— Ces entretiens vous ont-ils apporté quelque chose ?

Ils m'ont apporté un ancrage de plus, dans le sens où ils me confirment bien le souci de cohérence que je recherche dans ma vie. J'aurais pu avoir une vie complètement éclatée, complètement anarchique, à la fois médiocre et vide. Je ne crois pas que ça a été le cas. Oui, à la suite de ces entretiens, je perçois bien ce qu'il peut y avoir de cohérent dans tout l'irrationnel de ma vie.

— Dans ces entretiens, vous avez dévoilé des choses intimes pour la première fois...

Oui.

— Cela va être publié, donc porté à la connaissance de qui veut bien le lire. Comment vous sentez-vous par rapport à cela ?

Je l'ai déjà dit : un livre a toujours deux auteurs ; celui qui l'écrit et celui qui le lit. La façon dont quelqu'un lit un de mes livres ne m'appartient pas. Je ne suis pas responsable de l'imaginaire de quelqu'un. Je me sens responsable de mes mots.

— Quelle épitaphe aimeriez-vous savoir inscrite sur votre tombe ?

On pourrait mettre : « Il osa sa vie. » Quelque chose comme cela. Il me semble que j'ai osé vivre la vie qui fut la mienne. Dans un déroulement « normal », je ne devrais pas être là où je suis. Je devrais être manœuvre, ouvrier ou délinquant, coincé dans un quartier pauvre, dans la survie sociale et peut-être relationnelle.

— Auriez-vous aimé être une femme ?

Oui. Oui. Je le dis avec beaucoup de simplicité et d'enthousiasme : « J'aurais aimé être une femme... aussi. » J'insiste sur le « aussi ». Je trouve qu'elles ont plus de possibles que nous, une corporalité qui me semble plus immense, plus profonde, plus riche que la nôtre. Mais bon, je suis conscient de pratiquer aussi une sorte d'idéalisation de la femme. Et cela me convient !

— Jacques Salomé, qui êtes-vous ?

Je suis un homme qui se cherche. Je suis un homme qui n'en finit pas de se chercher, qui n'a pas épuisé les interrogations qui le traversent. Comment être un bon compagnon pour soi ? Comment être un meilleur compagnon pour autrui ? Comment mieux aimer ? Comment mieux être aimé ? Comment partager, communiquer ? Comment rester fidèle à soi-même ? Comment ne pas se trahir ? Comment ne pas souffrir ? Comment ne pas faire de mal, ne pas blesser ? Comment ne pas passer à côté du bonheur quand il est là ? Oui, je crois que je suis cet homme-là. Je suis en route, toujours, vers les points inaccessibles de mon existence que je n'ai pas encore atteints...

Jacques Salomé

1935	Né le 20 mai à Toulouse (France).
1941	Début d'une scolarité très médiocre, mais passionnante sur le plan des découvertes de la vie.
1944	Tuberculose osseuse. Séjour en sanatorium durant quatre ans.
1952	Etudes de droit interrompues.
1955	Expert comptable stagiaire.
1957	Educateur spécialisé.
1958	Potier et sculpteur.
1960	Directeur d'une maison d'enfants délinquants.
1966	Bourse d'études du Conseil des arts d'Ottawa pour étudier la psychologie à l'Université de Montréal.
1969	Responsable de formation à l'Ecole d'éducateurs de Dijon.
1970	Diplômé en psychiatrie sociale de l'Ecole Pratique des Hautes Etudes en Sciences Sociales (Paris).
1972-1985	Chargé de cours (formation post-universitaire des psychologues, médecins, enseignants, travailleurs sociaux...) à l'Université de Lille III.
1972-1997	Fondateur du centre de formation aux relations humaines «Le regard fertile», à Dijon.
1972	Parution du premier livre, *Supervision et formation de l'éducateur spécialisé* (Ed. Privat - épuisé).
1974	Parution de son premier best-seller, *Parle-moi... j'ai des choses à te dire* (Ed. de l'Homme).
	Depuis, 36 ouvrages ont suivi.
1996	Cesse ses activités d'enseignant et de conférencier pour se consacrer à l'écriture.

Du même auteur :

• Apprivoiser la tendresse

L'amour crée la tendresse qui survit à l'amour

"La tendresse est une qualité de l'attention qui s'offre, se propose, sans jamais contraindre, qui peut donc se mettre en réserve, en attente, sans se refermer, sans se bloquer à jamais".

Ce livre aborde les multiples visages de la tendresse, les ennemis qui l'étouffent, mais aussi ses alliés.

208 pages • 15 € / 25 FS

• Découvrir la communication relationnelle dès l'enfance

Avec Kathleen Geerlandt

Kathleen Geerlandt, enseignante, anime un atelier de communication relationnelle avec des enfants de 5 ans. Elle a composé ces poèmes qui sont la synthèse du message E.S.P.E.R.E. de Jacques Salomé et leur a demandé de les illustrer. Un livre de psychologie relationnelle, mais aussi un message d'intelligence et d'intuition.

112 pages • 17 € / 29 FS

Achevé d'imprimer sur rotative
par l'Imprimerie Darantiere
à Dijon-Quetigny en
octobre 2002

Dépôt légal : octobre 2002
N° d'impression : 22-1234

Imprimé en France